KB043995

삽화와 함께 읽는
도 련 님

나쓰메 소세키 지음
곤도 고이치로 그림
박현석 옮김

玄 人

삽화와 함께 읽는
도련님
坊っちゃん

나쓰메 소세키
夏目漱石

곤도 고이치로
近藤浩一路

1

앞뒤 가리지 않고 행동하는 성격 때문에 어렸을 때부터 손해만 봤다. 초등학교에 다닐 때는 2층에서 뛰어내리다 허리를 다치는 바람에 일주일쯤 고생한 적도 있었다. 왜 그런 무모한 짓을 했는지 묻는 사람이 있을지도 모르겠다. 특별한 이유가 있었던 것은 아니다. 새로 지은 건물의 2층 창으로 얼굴을 내밀고 있었는데 동급생 중 한 명이 농담으로 「아무리 잘난 척해봐야 거기서 뛰어내리진 못하겠지. 이 겁쟁이야.」라고 약을 올렸기 때문이었다. 사환 아저씨 등에 업혀서 집으로 돌아왔을 때, 아버지가 눈을 부릅뜨고 「2층에서 뛰어내린 정도 가지고 허리를 다치는 놈이 어딨어?」라고 말씀하시기에 「다음에는 허리를 다치지 않고 뛰어내리겠습니다.」라고 대답했다.

친척에게서 외제 나이프를 선물 받았을 때, 그 아름다운 칼날을 햇빛에 비춰가며 친구들에게 자랑하고 있자니 그중 한 명이 「번뜩이기는 하지만 잘 들 거 같지는 않은데.」라고 말했다. 「안 들 리가 없어. 뭐든지 잘라 보일게.」라고 응수했다. 「그럼 네 손가락을 잘라봐.」라고 주문해오기에 「뭐야, 손가락 정도 가지고. 잘 봐.」라며 오른손 엄지의 등 부분에 비스듬히 칼을 갖다 댔다. 다행히 칼이 작고 엄지의 뼈가 단단했기에 엄지는 아직도 손에 붙어 있다. 하지만 죽을 때까지 상처는

없어지지 않으리라.

정원에서 동쪽으로 스무 걸음 정도 떨어진 곳에 남쪽으로 비스듬히 비탈져 오르는 조그만 채소밭이 있고 그 한가운데에 밤나무 한 그루가 서 있었다. 이것은 목숨보다도 소중한 밤나무였다. 밤송이가 벌어질 무렵이면 아침에 일어나자마자 뒷문으로 나가서 떨어진 녀석들을 주워다 학교에서 먹었다. 채소밭의 서쪽은 야마시로야(山城屋)라는 전당포의 정원과 연결되어 있었는데 이 전당포에는 간타로(勘太郎)라는 열서너 살짜리 사내 녀석이 있었다. 간타로는 두말이 필요 없는 겁쟁이였다. 겁쟁이 주제에 밤을 서리하러 대나무로 짠 울타리를 넘어오곤 했다. 어느 날 저녁, 접이문 뒤에 숨어 있다가 드디어 간타로를 잡았다. 그때, 도망갈 길을 잃은 간타로는 이를 악물고 덤벼들었다. 간타로가 두 살 정도 나이가 많았다. 겁쟁이이기는 했지만 힘은 셌다. 펑퍼짐한 머리를 내 가슴에 대고 꾹꾹 밀어붙이다가 그만 간타로의 머리가 미끄러져 내 겹옷의 소매 속으로 들어갔다. 거치적거려서 팔을 쓸 수 없었기에 팔을 마구 흔들어댔더니 소매 속에 있던 간타로의 머리가 좌우로 건들건들 흔들렸다. 숨이 막혔던지 끝내는 소매 속에서 내 알통을 물고 늘어졌다. 팔이 아파서 간타로를 울타리에 밀어붙인 뒤, 다리를 걸어 울타리 너머로 넘어트렸다. 야마시로야의 마당은 채소밭 보다 6자[1] 정도 낮았다. 간타로는 대나무 울타리를 반쯤 무너트리며 자기 집 마당에 거꾸로 처박혀 끙끙 앓는 소리를 냈다. 간타로가 떨어질 때, 내 겹옷 소매 한쪽이 뜯겨 나가며 갑자기 팔이 자유로워졌다. 그날 밤, 어머니가 야마시로야로 사과를 하러 갔다가 겹옷의 한쪽 소매를 찾아가지고 왔다.

이 외에도 수없이 장난을 쳤다. 목수의 아들인 가네코(兼公), 생선가게의 아들인 가쿠(角)와 함께 모사쿠(茂作)네 당근 밭을 망쳐놓은 적도 있었다. 당근 싹이 채 자라지도 않은 곳에 지푸라기를 깔아놓았기에 그 위에서 세 명이 한나절 내내 씨름을 했더니 당근이 완전히 짓뭉개지고 말았다. 후루카와(古川)네 논에 있는 우물을 막아버려 그 책임을 진 적도 있었다. 굵은 죽순대의 마디를 뚫어 깊이 묻어둔 속을 통해서 물이 솟아나 주위 벼에 물을 대는 장치였다. 그때는 무슨 장치인지 몰랐기에 돌과 막대기를 우물 속에 꾹꾹 찔러 넣어 물이 나오지 않는 것을 확인한 뒤, 집으로 돌아와 밥을 먹고 있었는데 얼굴이 시뻘게진 후루카와가 씩씩거리며 달려왔다. 아마도 보상금을 물어주고 사태를 수습한 듯했다.

아버지는 나를 조금도 귀여워하지 않았다. 어머니는 언제나 형 편만 들었다. 이 형이라는 사람은 병적으로 얼굴이 하얗고, 여장을 한 남자 배우처럼 행동하기를 좋아했다. 아버지는 나를 볼 때마다 「어차피 이 녀석은 인간되기는 글렀다.」고 말씀하셨다. 성격이 너무 거칠어서 앞날이 걱정된다고 어머니는 말씀하셨다. 지당하신 말씀이다. 인간이 되기는 글렀다. 보시다시피 이 모양 이 꼴이다. 앞날이 걱정되는 것도 당연한 일이었다. 그저 간신히 감방살이나 면하면서 살아갈 뿐이다.

어머니가 병으로 돌아가시기 이삼일 전에 부엌에서 공중제비를 돌다가 아궁이 모서리에 갈비뼈를 부딪쳤는데 매우 아팠다. 어머니가 크게 화를 내시며 「너 같은 녀석 꼴도 보기 싫다.」고 말씀하시기에 친척집에 가서 묵었다. 그러자 얼마 지나지 않아서 결국은 돌아가셨다는 전갈이 왔다. 그렇게 빨리 돌아가실 줄은 몰랐다. 그렇게 중한 병인 줄 알았다면 조금 더 얌전하게 굴 걸 그랬다며 집으로 돌아왔다. 그랬더니 형이라는 사람이 내게 불효막심한 놈이라며 나 때문에 어머니가 빨리 돌아가신 거라고 했다. 억울해서 형의 뺨을 올려붙였다가 된통 야단을 맞고 말았다.

어머니가 돌아가신 후부터는 아버지와 형, 나 이렇게 셋이서 살았다. 아버지는 아무것도 하지 않는 사람으로 내 얼굴만 보면 언제나 「네 녀석은 글러먹었다. 글러먹었다.」고 입버릇처럼 말했다. 뭐가 그렇게 글러먹었다는 것인지 아직도 알 수가 없다. 참으로 알 수 없는 사람이었다. 형은 사업가가 되겠다며 열심히 영어공부를 했다. 원래 계집애 같은 성격으로 약삭빨랐기 때문에 사이가 좋질 않았다. 열흘에 한 번 꼴로 싸움을 했다. 한 번은 장기를 두는데 비겁하게 매복을 하고 있다가 내가 곤경에 처하자 기쁘다는 듯이 약을 올려댔다. 너무 화가 나서 손에 쥐고 있던 차(車)를 미간으로 집어던졌다. 미간이 찢어져서 피가 조금 났다. 형은 아버지에게 고자질을 했다. 아버지가 부자간의 연을 끊겠다고 하셨다.

그때는 더 이상 어쩔 도리가 없다고 생각하고 포기한 채 아버지 말대로 집에서 쫓겨날 각오를 하고 있었는데 우리 집에

서 10년이나 일을 해오던 기요(清)라는 하녀가 울면서 아버지께 용서해달라고 빌어서 간신히 아버지의 화가 풀렸다. 하지만 나는 아버지가 그다지 무섭지는 않았다. 오히려 이 기요라는 하녀가 가엾다는 생각이 들었다. 이 하녀는 원래 전통 있는 가문의 후손이었는데 에도(江戶) 막부가 무너지면서2) 집안이 몰락하여 결국에는 하녀로 들어오게까지 되었다는 말을 들은 적이 있었다. 그러니까 할머니다3). 이 할머니가 무슨 이유에서 인지 나를 아주 귀여워해주었다. 참으로 알 수 없는 일이었다. 어머니도 돌아가시기 사흘 전에 정나미가 떨어진다고 하셨다. 아버지는 일 년 내내 골치를 썩고 계셨다. 마을 사람들은 난폭하기 그지없는 악동이라고 손가락질을 해댔다. 이런 나를 애지중지했다. 나는 어차피 사람들에게 호감을 줄 수 있는 성격이 아니라고 포기를 하고 있었기에 남들이 망나니 취급을 해도 크게 신경 쓰지 않았다. 오히려 이 기요처럼 애지중지하는 것이 더욱 이상하게 생각되었다. 기요는 가끔 부엌에 사람이 없을 때, "도련님은 곧고 좋은 성격을 가졌어요."라며 칭찬을 해주곤 했다. 하지만 나는 기요의 이 말을 이해할 수가 없었다. 좋은 성격이라면 기요 외의 다른 사람들도 내게 좀 더 잘해줄 것이 아니겠는가? 기요가 이런 말을 할 때면 나는 언제나「그런 입에 발린 소리는 듣기 싫어.」라고 대답했다. 그러면 이 할머니는「이래서 성격이 좋다는 거예요.」라고 말하며 기쁘다는 듯이 내 얼굴을 들여다보았다. 마치 자기가 만들어놓은 것을 자랑스럽게 들여다보는 듯한 모습으로. 그렇게 기분이 좋지는 않았다.

어머니가 돌아가신 후부터 기요는 나를 더욱 애지중지했다. 어린 마음에 왜 그렇게 귀여워해주는 건지 때로는 의심스러운 마음이 들기도 했다. 귀찮다, 그만뒀으면 좋겠다고 생각했다. 가엾다는 생각이 들었다. 그래도 기요는 귀여워해주었다. 때로는 자기 용돈으로 칼날 모양의 과자나 매화꽃 모양의 생과자를 사주곤 했다. 추운 겨울밤이면 남몰래 메밀가루를 사두었다가 어느 틈엔가 누워 있는 내 머리맡으로 뜨거운 물에 탄 메밀가루를 가져오곤 했다. 냄비우동을 사준 적까지 있었다. 그저 먹을 것만 주는 게 아니었다. 양말을 받은 적도 있었다. 연필을 받은 적도 있었다. 수첩을 받은 적도 있었다. 이것은 훨씬 후의 일이지만 돈을 3엔 정도 빌려준 적도 있었다. 내가 꿔달라고 한 것이 아니었다. 기요가 먼저 방으로 가지고 와서는 「용돈이 떨어져서 궁하시죠? 이걸 쓰세요.」라고 말했다. 나는 물론 필요 없다고 말했지만 그러지 말고 쓰라고 하기에 우선은 빌려두었다. 사실은 아주 기뻤다. 그 3엔을 돈주머니에 넣어 품에 품은 채 변소에 갔는데 돈주머니가 쑥 빠져 밑으로 떨어져버렸다[4]. 하는 수 없이 어슬렁어슬렁 나와서, 사실은 이래저래 됐다고 기요에게 말했더니 기요는 잽싸게 대나무 장대를 찾아와서 「건져드릴게요.」라고 말했다. 잠시 뒤, 우물가에서 물소리가 나기에 나가보니 대나무 끝에 돈주머니의 끈을 걸어놓은 채 물로 씻어내고 있었다. 그런 다음 돈주머니를 열어 1엔 지폐를 펼쳐보니, 갈색으로 변해서 무늬가 지워져가고 있었다. 기요는 화롯불로 말린 뒤 「이만하면 됐죠?」라며 내게 건네주었다. 잠깐 냄새를 맡아본 뒤 「아, 구려라.」했더니, 「그럼 이리 주세요. 바꿔다 드릴 테니.」
라고 말하고는 어디서 무슨 수를 썼는지 그 지폐 대신 은화를
3엔 가지고 왔다. 이 3엔을 어디에 썼는지 지금은 잊어버렸다.
바로 갚겠다고 말했지만 아직도 갚지 못했다. 지금은 10배로
갚고 싶지만 갚을 수가 없다.

　기요는 반드시 아버지나 형이 없을 때만 물건을 건네줬다.
나는 남몰래 나만 득을 보는 것이 세상에서 가장 싫었다. 물론
형과 사이가 좋지는 않았지만 형 몰래 기요로부터 과자나 색연
필을 받고 싶지는 않았다. 「왜 나한테만 주고 형한테는 안
주는 거야?」라고 물어본 적이 있었다. 그러자 기요는 새초롬하
게 「형님은 아버님께서 사주시니까 상관없어요.」라고 말하는
것이었다. 이건 불공평하다. 아버지는 고집불통이기는 하지만
그렇게 편애를 하는 사람은 아니었다. 하지만 기요의 눈에는
그렇게 보였나보다. 사랑에 완전히 빠져버렸음에 틀림없었다.
원래는 좋은 집안 출신이지만 교육을 받지 못한 할멈이니 어쩔
수 없는 일이었다. 단지 이것뿐만이 아니었다. 편애는 무서운
것이다. 기요는 내가 미래에 입신출세하여 훌륭한 사람이 될
것이라고 굳게 믿고 있었다. 그러면서도 열심히 공부를 하는
형은 얼굴만 허여멀건 해서 아무 짝에도 쓸모가 없다고 제
혼자 단정 짓고 있었다. 이런 할머니였으니 어쩔 도리가 없었다.
자신이 좋아하는 사람은 반드시 훌륭한 인물이 되고 싫어하는
사람은 틀림없이 망할 것이라고 믿고 있었다. 나는 그때부터
특별히 되고 싶은 것은 없었다. 하지만 기요가 하도 된다, 된다

했기에 그래도 역시 뭔가는 될 것이라고 생각하고 있었다. 지금 돌이켜보면 어리석기 짝이 없는 생각이었다. 한번은 기요에게 어떤 사람이 될 것 같냐고 물어본 적이 있었다. 그런데 기요에게도 특별한 생각은 없었던 듯하다. 단지, 멋진 자가용 인력거를 타고 다니며 훌륭한 현관이 있는 집에서 살 것임에 틀림없다고만 말했을 뿐이었다.

　그리고 기요는 내가 분가를 하면 함께 살 마음으로 있었다. 제발 자기를 데려가 달라고 몇 번이고 부탁을 했다. 나도 왠지 집을 가질 수 있을 것 같은 기분이 들어서 「응, 데려갈게.」라고 대답만은 해두었다. 그런데 이 여자는 상상력이 매우 풍부한 여자여서, 「도련님은 어디가 좋으세요? 고지마치5)가 좋으세요, 아자부6)가 좋으세요? 정원에는 그네를 만들어놓고 서양식 방은 하나만 있으면 충분할 거예요.」라며 제 마음대로 세운 계획을 홀로 늘어놓았다. 당시 집 같은 것 갖고 싶다는 마음은 조금도 없었다. 서양식 집이든 일본식 집이든 전혀 필요하지 않았기에 언제나 그런 것은 갖고 싶지 않다고 기요에게 대답했다. 그러면 「도련님은 욕심도 없고, 마음이 깨끗하다.」며 칭찬을 해주었다. 무슨 말을 해도 기요는 칭찬을 해주었다.

　어머니가 돌아가신 뒤 5, 6년간은 이런 생활이 계속됐다. 아버지에게는 꾸지람을 들었다. 형과는 싸움을 했다. 기요에게는 과자를 받았으며 때때로 칭찬을 들었다. 특별히 바라는 것도 없었다. 이런 생활로 충분하다고 생각했다. 다른 아이들도 대체로 이런 생활을 하고 있을 것이라 생각하고 있었다. 단지 기요가 무슨 일이 있을 때마다 「불쌍하신 도련님. 불행하신 도련님.」이라고 자꾸만 말했기에 「그럼 불쌍하고 불행한 거겠지.」라고 생각했다. 그 외에 괴로운 일은 아무것도 없었다. 단, 아버지가 용돈을 안 주셨기에 어려움을 겪고 있었다.

어머니가 돌아가신 지 6년째 되던 해 정월에 아버지도 뇌졸중으로 돌아가시고 말았다. 나는 같은 해 4월에 한 사립 중학교를 졸업했다. 6월에는 형이 상업학교를 졸업했다. 형은 무슨무슨 회사의 규슈(九州) 지점에 일자리가 났기에 그곳으로 가야만 했다. 나는 도쿄에서 아직 더 공부를 해야 했다. 형은 집을 팔고 재산을 처분한 뒤 부임지로 출발하겠다고 했다. 나는 형 마음대로 하라고 했다. 어차피 형 신세를 지고 싶은 마음은 없었다. 돌봐준다 하더라도 싸움을 할 것이 뻔했고 그러면 형도 한소리 하지 않을 수 없으리라. 같잖은 보살핌을 받게 되면 이런 형에게 머리를 숙이지 않을 수 없게 된다. 우유배달을 해서라도 먹고살겠다는 각오를 하고 있었다. 형은 고물상을 불러다 조상 대대로 내려오던 잡동사니들을 헐값에 팔아치웠다. 집은 어떤 사람의 알선으로 한 부자에게 넘겼다. 큰돈을 받은 듯했지만 자세한 내용은 하나도 모르겠다. 나는 앞길이 결정될 때까지 간다(神田)에 있는 오가와마치(小川町)에서 하숙을 하기로 하고 한 달 전부터 살기 시작했다. 기요는 10년을 넘게 살아오던 집이 남의 손에 넘어가는 것을 못내 아쉬워했지만 자신의 집이 아니니 어쩔 수 없는 일이었다. 「도련님이 이렇게 어리지만 않았어도 이 집을 상속할 수 있었을 텐데」라며 몇 번이고 말을 했다. 조금 나이를 더 먹었다고 해서 상속할 수 있는 것이라면 지금이라도 상속할 수 있을 것이다. 할멈은 아무것도 모르기 때문에 나이만 먹으면 형의 집을 받을 수 있을 것이라 믿고 있었다.

형과 나는 그렇게 헤어졌지만 문제는 기요의 갈 곳이었다. 물론 형은 데려갈 형편이 되지 못했으며, 기요에게도 형의 꽁무니를 따라서 규슈라는 벽촌까지 갈 마음은 조금도 없었다. 그리고 당시 나는 다다미 네 첩 반7)짜리 싸구려 하숙집 신세를 지고 있었으며 그것도 여차하면 당장 쫓겨날 판이었다. 뾰족한 수가 없었다. 기요에게 물어보았다. 「어디 다른 집에라도 들어갈 생각이야?」라고 물었더니 「도련님이 집을 장만해서 장가를 들 때까지는 하는 수 없으니 조카 신세를 좀 져야죠.」라며 드디어 결심을 한 듯이 말했다. 이 조카라는 사람은 재판소 서기로 있었는데 생활하는 데 크게 어려움이 없으니 오고 싶으면 지금이라도 당장 자신의 집으로 들어오라고 기요에게 두세 번 정도 권한 적이 있었으나, 기요가 비록 하녀로 남의집살이를 하고 있기는 하지만 그래도 오랫동안 살아오던 집이 좋다며 그의 권유를 거절했었다. 그러나 이제 와서 낯선 집에 다시 들어가 쓸데없는 눈치를 보느니 조카 신세를 지는 편이 낫겠다고 생각한 듯했다. 어쨌든 빨리 집을 마련해라, 장가를 들어라, 와서 도와주겠다는 등 말이 많았다. 혈육인 조카보다도 타인인 내가 더 좋은 모양이었다.

규슈로 떠나기 이틀 전에 형이 하숙으로 찾아와서 600엔을 건네주며 「이것을 밑천으로 장사를 하든, 학비를 대서 더 공부를 하든 마음대로 써라. 대신 그 다음부터는 내 알 바 아니다.」라고 말했다. 형이 하는 일 치고는 감탄할 만한 일이었다. 까짓 600엔쯤 받지 않아도 특별히 어려울 것은 없다고 생각했지만 형답지 않은 담백한 행동이 마음에 들어서 고맙다고 말하고 그것을 받았다. 형은 따로 50엔을 내놓으며 「그리고 이건 기요에게 건네주기 바란다.」고 하기에 아무런 토도 달지 않고 받았다. 이틀 후, 신바시(新橋) 정류장에서 헤어진 이후로 형과는 단 한 번도 만나지 못했다.

나는 누운 채로 600엔을 어떻게 사용해야 좋을지 생각했다. 장사는 귀찮아서 잘할 수 있을 것 같지가 않았으며, 게다가 600엔이라는 돈으로는 장사다운 장사를 할 수 있을 것 같지도 않았다. 만약 한다 하더라도 지금으로서는 사람들에게 내세울 학벌이 없으니 결국은 손해를 보게 될 것이었다. 자본금 같은 것은 아무래도 좋으니 이것을 학비로 돌려 공부를 하자, 600엔을 셋으로 나눠서 1년에 200엔씩 쓰면 3년 동안은 공부를 할 수 있다, 3년 동안 열심히 하면 뭔가를 할 수 있으리라. 그 다음, 어느 학교에 들어가야 할지를 생각해봤는데 천성적으로 학문에는 아예 관심이 없었다. 특히 어학이나 문학은 질색이었다. 그중에서도 특히 신체시는 스무 행 중 단 한 행도 이해를 할 수가 없었다. 내가 싫어하는 것이라면 어차피 하나 마나 마찬가지라는 생각이 들었는데, 다행히도 물리학교 앞을 지나치는데 학생모집 광고가 나붙었기에 이것도 인연이다 싶어서 규칙서를 받아다 바로 입학수속을 밟아버렸다. 지금 생각해보면 이것도 앞뒤 가리지 않고 행동하는 성격 때문에 저지른 실수였다.

3년 동안 남들 하는 만큼은 공부를 했지만 그다지 머리가 좋은 편이 아니었기에 등수는 언제나 뒤에서부터 세는 게 더 편했다. 그런데 신기하게도 3년이 지나자 드디어 졸업을 하게 되었다. 나 자신도 이상하다고 생각했지만 그렇다고 불만을 품을 이유도 없었기에 조용히 졸업을 해두었다.

졸업한 지 8일째 되던 날, 교장선생님이 부른다고 하기에 무슨 볼일이 있나보다며 나가보았더니 「시코쿠(四国) 근처의 한 중학교에서 수학선생을 필요로 하네. 월급은 40엔인데 한번 가보겠는가?」하는 것이었다. 나는 3년 동안 공부를 하기는 했지만 솔직히 말하자면 교사가 될 마음도 시골에 갈 생각도 아무것도 없었다. 그렇다고 교사 이외에 무엇을 해야겠다고 특별히 정한 것도 없었기에 교장선생님의 말씀을 듣는 순간 즉석에서 가겠다고 대답했다. 이것도 앞뒤 가리지 않는 무모한 성격 때문에 생긴 일이었다.

수락을 했으니 부임할 수밖에 없었다. 지난 3년 동안, 좁은 하숙방에 칩거하면서 잔소리는 단 한마디도 들어본 적이 없었다. 싸움도 하지 않고 지낼 수 있었다. 내 생애 중에서는 비교적 평온한 한때였다. 하지만 이렇게 되었으니 그 골방에서 나올 수밖에 없었다. 태어나서 도쿄 이외에 발을 들여놓은 곳이라고는 동급생들과 같이 소풍을 갔던 가마쿠라(鎌倉)밖에 없었다.

그런데 지금은 가마쿠라 정도가 아니었다. 훨씬 더 멀리 가야만 했다. 지도에서 보니 해변에 있는 바늘 끝처럼 조그맣게 보였다. 어차피 변변치 못한 곳이리라. 어떤 거리에 어떤 사람들이 살고 있는지 알 수 없었다. 모른다고 해서 곤란할 것은 없었다. 걱정도 되지 않았다. 그저 갈 뿐이었다. 뭐 조금 귀찮기는 했지만.

집을 처분한 뒤에도 기요가 사는 곳에는 종종 찾아가곤 했었다. 기요의 조카라는 사람은 의외로 괜찮은 사람이었다. 그가 집에 있을 때 내가 찾아가면 여러 가지로 대접을 해주었다. 기요는 나를 앞에 놓고 나에 대한 이런저런 자랑을 조카에게 들려주었다. 곧 학교를 졸업하면 고지마치 부근에 집을 마련하고 관청에 다니게 될 것이라고 모두에게 말한 적도 있었다. 혼자 결정해서 혼자 말을 하니 나는 난처해서 얼굴을 붉혔다. 그것도 한두 번이 아니었다. 때때로 내가 어렸을 때 잠자리에 오줌 싼 일까지 이야기를 하는 데에는 두 손을 다 들지 않을 수 없었다. 조카가 무슨 생각을 하면서 기요의 자랑을 들었는지는 알 수 없다. 기요는 옛날 여자이기 때문에 자신과 나의 관계를 봉건시대의 주종관계라 생각하고 있었다. 자신의 주인이니까 당연히 조카의 주인이기도 하다고 생각하고 있는 듯했다. 조카에게는 그야말로 어처구니없는 일이 아닐 수 없었다.

드디어 약속이 잡혀서 떠나기 3일 전에 기요를 찾아갔더니 감기에 걸려 북향의 골방에 누워 있었다. 내가 온 것을 보고 자리에서 일어나기가 무섭게 「도련님, 언제 집을 장만하실 거예요?」라고 물었다. 졸업을 하기만 하면 돈이 주머니 속에서 저절로 솟아나는 줄 알고 있다. 그렇게 훌륭한 사람을 보고 아직도 도련님이라고 부르다니 더욱 한심한 일이 아닐 수 없었다. 내가 간단하게 「당분간은 집을 장만하지 않을 거야. 시골로 가게 되었거든.」이라고 말하자 매우 실망한 듯, 헝클어진 파뿌리 같은 머리를 자꾸만 쓸어내렸다. 너무나도 가엾어 보여서 "가기는 가지만 금방 돌아올 거야. 내년 여름방학에는 꼭 올게."라고 위로를 해주었다. 그래도 석연치 않은 표정을 짓고 있기에 "뭔가 선물을 사다줄게. 뭘 갖고 싶어?"라고 물었더니 "에치고8)의 사사아메9)가 먹고 싶어요."라는 것이었다. 에치고의 사사아메는 들어본 적도 없는 것이었다. 그리고 무엇보다도 방향이 달랐다. "내가 가는 시골에 사사아메는 없을 것 같은데."라고 말했더니 "그럼 어느 쪽으로 가세요?"라고 물어왔다. "서쪽이야."라고 말했더니 "하코네(箱根)보다 멀어요, 가까워요?"라고 묻는다. 대답을 하느라 식은땀을 흘렸다.

떠나는 날이 되자 아침부터 와서 이것저것 채비를 해주었다. 오는 도중에 만물상에서 사온 치약과 이쑤시개10), 손수건을 천으로 만든 가방에 넣어주었다. 그런 건 필요 없다고 해도 좀처럼 말을 들으려 하지 않았다. 나란히 인력거에 올라 정류장에 도착하여 승강장 위로 올라섰을 때, 기차에 올라탄 내 얼굴을 가만히 쳐다보다가 "이제는 못 뵐지도 모르겠네요. 부디 건강하세요."라고 작은 목소리로 말했다. 눈에 눈물이 하나 가득 고여 있었다. 나는 울지 않았다. 하지만 거의 울음을 터뜨릴 뻔했다.

기차가 움직이기 시작한 지 꽤 시간이 지나서 이젠 괜찮겠지 하고 창밖으로 고개를 내밀어 뒤를 돌아보았더니 그때까지도 서 있었다. 왠지 모르게 아주 작게 보였다.

2

　뿌우. 기적 소리를 올리며 기선(汽船)이 멈추자 거룻배가 기슭을 떠나 노를 저어 다가왔다. 사공은 알몸에 아랫도리만을 간신히 가렸다. 야만스러운 곳이다. 하지만 이렇게 더워서야 옷을 입고 있을 수는 없으리라. 햇빛이 강했기 때문에 물이 정신없이 반짝였다. 바라보고 있으면 현기증이 날 정도였다. 선원에게 물어보니 나는 여기서 내려야 한다고 했다. 바라보니 오모리11) 정도 크기의 어촌이었다. 「사람을 완전히 무시하는 군. 이런 데서 어떻게 참고 살란 말이야.」라는 생각이 들었지만 하는 수 없었다. 기세 좋게 가장 먼저 거룻배로 뛰어내렸다. 이어서 대여섯 명 정도 탔을 것이다. 그 외에도 커다란 상자를 네 개 정도 실은 뒤 알몸의 사공은 다시 거룻배를 기슭 쪽으로 저어갔다. 뭍에 도착했을 때도 가장 먼저 뛰어올라 해변에 서 있던 코흘리개 꼬맹이를 붙들고 다짜고짜 중학교는 어디에 있느냐고 물었다. 꼬맹이는 맹하게 서서 「몰러유.」라고 대답했다. 답답하기 짝이 없는 촌놈이다. 손바닥만 한 마을에 살면서 중학교가 어디에 있는지도 모르는 녀석이 다 있다니. 바로 그때 소매가 원통처럼 생긴 기묘한 옷을 입은 사내가 다가와서 이쪽으로 오라고 하기에 따라가 보니 미나토야(港屋)라는 여관 으로 데리고 갔다. 이상하게 생긴 여자들이 입을 맞춰서 「어서

오세요.」라고 말을 했기에 안으로 들어가기가 싫어졌다. 현관 앞에 선 채로 중학교를 가르쳐달라고 했더니 중학교는 여기서 기차를 타고 20리 정도 더 들어가야 한다고 했다. 그 말을 듣자 더욱 안으로 들어가기가 싫어졌다. 나는 기묘한 옷을 입은 사내가 들고 있던 내 가방 두 개를 낚아채 어슬렁어슬렁 걷기 시작했다. 여관 사람들은 이상하다는 얼굴 표정이었다.

정류장은 금방 찾을 수 있었다. 표도 별 문제없이 샀다. 올라타고 보니 성냥갑 같은 기차였다. 덜컹덜컹, 5분 정도 움직였을까? 벌써 내려야 할 곳이었다. 어쩐지 표가 너무 싸다 싶었다. 겨우 3센12)이었다. 거기서 인력거를 불러 중학교로 갔더니 이미 방과 후였기에 아무도 없었다. 숙직 선생은 볼일이 있어서 잠깐 나갔다고 사환이 가르쳐주었다. 참으로 마음 편한 숙직도 다 있다는 생각이 들었다. 교장선생님이라도 찾아뵐까 싶었지만 너무 피곤했기에 인력거에 올라 여관에 데려다달라고 차부(車夫)에게 말했다. 차부는 기세 좋게 달려 야마시로야라는 집 옆에 인력거를 세웠다. 야마시로야는 간타로네 전당포와 이름이 같았기에 조금 재미있다는 생각이 들었다.

2층 계단 밑에 있는 어두운 방으로 안내되었다. 더워서 있을 수가 없었다. 이런 방은 싫다고 했더니 마침 방이 전부 찼다며 가방을 내던진 채 밖으로 나가버렸다. 하는 수 없이 방으로 들어가 흐르는 땀을 참고 있었다. 얼마 지나지 않아서 목욕을 하라고 하기에 텀벙 뛰어들었다가 바로 목욕을 마쳤다. 돌아오면서 들여다보니 시원해 보이는 방이 많이 비어 있었다. 무례한

녀석이다. 거짓말을 했다. 후에 하녀가 밥상을 들고 들어왔다. 방은 더웠지만 밥은 하숙집보다 훨씬 더 맛있었다. 시중을 들면서 하녀가 「어디에서 오셨습니까?」라고 묻기에 도쿄에서 왔다고 대답했다. 그러자 「도쿄는 좋은 곳이죠?」라고 묻기에 당연하다고 대답해줬다. 상을 들고 하녀가 부엌으로 갔을 때 커다란 웃음소리가 들려왔다. 우습지도 않아서 바로 누웠지만 좀처럼 잠이 오지 않았다. 더운 것뿐만이 아니었다. 시끌시끌했다. 하숙보다 다섯 배 정도는 시끄러웠다. 깜빡 잠이 들었는데 기요의 꿈을 꾸었다. 기요가 에치고의 사사아메를 잎에 싸인 채로 우적우적 먹고 있었다. 사사에는 독이 들어 있으니 먹지 말라고 했으나 「아니에요, 이 사사가 약이에요」라면서 맛있게 먹었다. 하도 어이가 없어서 입을 크게 벌리고 하하하하 웃다가 눈을 떴다. 하녀가 덧문을 열고 있었다. 변함없이 하늘이 찢어져 버린 듯한 날씨였다.

여행 중에는 팁을 줘야 하는 법이라는 소리를 들은 적이 있었다. 팁을 주지 않으면 형편없는 대접을 받는다는 소리를 들었다. 이렇게 좁고 어두운 방으로 떠밀려 들어온 것도 팁을 주지 않아서일 것이다. 허름한 옷에 헝겊으로 된 가방과 헝겊으로 된 우산을 들고 있었기 때문일 것이다. 촌놈들 주제에 사람을 얕잡아봤겠다. 어디 한번 팁을 줘서 놀라게 만들어야지. 내 이래봬도 도쿄를 나올 때 학비로 쓰고 남은 돈 30엔 정도를 품에 넣어 왔다. 기찻삯과 뱃삯, 잡비를 쓰고도 아직 14엔 정도가 남았다. 지금부터는 월급이 들어오니 전부 줘버려도

상관없다. 촌놈들은 구두쇠니 5엔만 줘도 놀라 눈을 휘둥그렇게 뜰 것이다. 어디 한번 두고 보자며 얼굴을 씻고 방으로 돌아와 기다리니 어젯밤 그 하녀가 밥상을 들고 들어왔다. 그릇을 들고 시중을 들면서 보기 싫게 야릇한 웃음을 지었다. 무례한 녀석이다. 얼굴에서 축제라도 벌어진 건 아닐 테고, 내 이래봬도 이 하녀의 얼굴보다는 훨씬 더 잘났다. 밥을 다 먹고 난 다음에 주려고 했지만 기분이 상해서 도중에 5엔 지폐를 한 장 꺼내 나중에 이것을 카운터에 가져다주라고 했더니 하녀는 묘한 표정을 지었다. 식사를 마친 다음에 바로 학교로 갔다. 구두는 닦여 있지 않았다.

어제 인력거를 타고 가보았기에 학교의 위치는 대강 짐작이 갔다. 네거리를 두어 번 돌아 들어갔더니 바로 문 앞에 이르렀다. 문에서 현관까지는 화강암을 깔아놓았다. 어제 이 화강암 위를 인력거에 오른 채 덜컹거리며 지날 때는 굉장히 요란한 소리가 났기에 조금 쑥스러운 생각이 들었었다. 도중에서부터 굵은 실로 짠 면직물 교복을 입은 학생들을 많이 볼 수 있었는데 모두 이 문으로 들어갔다. 개중에는 나보다 키가 크고 힘이 세 보이는 녀석도 있었다. 저런 녀석들을 가르쳐야 하는 거라고 생각하자 왠지 오싹해지는 느낌이었다. 명함을 내미니 교장실로 안내해주었다. 교장은 듬성듬성 수염이 자란, 얼굴이 검고 눈이 커서 너구리처럼 생긴 사내였다. 쓸데없이 거드름을 피웠다. 「에~ 또, 최선을 다해서 가르치기 바라네.」라고 말하고는 반듯하고 커다란 도장이 찍힌 지령을 건네줬다. 이 지령은 도쿄로 돌아올 때 둘둘 말아서 바다 속으로 집어던져버렸다. 교장은 지금부터 직원들을 소개해줄 테니 한 사람 한 사람에게 그 지령을 보여주라고 했다. 쓸데없는 짓이다. 그렇게 귀찮은 짓을 하느니 이 지령을 사흘 동안 교무실에 붙여두는 편이 낫겠다.

교원들이 교무실에 다 모이려면 1교시를 알리는 나팔소리가 들려야만 했다. 아직 시간이 많이 남았다. 교장은 시계를 꺼내 들여다보고 「앞으로 차차 이야기하겠지만 우선은 대략적인 것들에 대해서 알아두기 바라네.」라고 말한 뒤, 교육 정신에 대해서 길고 긴 설교를 했다. 나는 물론 적당히 들어 넘겼지만 도중에 「이거 참, 만만찮은 곳에 왔구먼.」이라는 생각이 들었다. 죽어도 교장의 말처럼은 할 수 없었다. 나 같은 막무가내를 붙들고 앉아서 학생들에게 모범이 되어야 한다는 둥, 우리 학교에서 가장 존경받는 선생이 되어야 한다는 둥, 학문 이외에 도 인간적으로 덕화(德化)하지 못하면 교육자가 될 수 없다는 둥, 상식 밖의 주문을 마구 해댔다. 그렇게 훌륭한 사람이 월급 40엔에 이 멀고 먼 시골까지 오겠는가? 인간이란 대체로 비슷한 법이다. 화가 나면 싸움 한 번 정도는 누구나 하는 법이라고 생각하고 있었는데 그 대로라면 제대로 입도 열지 못할 것이며 산책도 할 수 없을 것이다. 그렇게 어려운 일이었다면 고용하기 전에 미리 이러저러하다고 말을 하면 좋지 않은가? 나는 거짓말 을 싫어하기 때문에 「하는 수 없다. 속아서 온 것이겠거니, 깨끗이 포기하고 이쯤에서 거절하고 돌아가버리자.」라고 생각했다. 여관에 5엔이나 주었으니 지갑 속에는 9엔 얼마 정도밖에 없었다. 9엔으로는 도쿄까지 갈 수 없다. 괜히 팁 같은 걸 줘 가지고. 쓸데없는 짓을 했다. 하지만 9엔으로 어떻게든 해볼 수 있을 것이다. 여비가 부족하더라도 거짓말을 하는 것보다는 낫다고 생각하여 「선생님께서 말씀하신 대로는 도저히 할 수 없겠습니다. 이 지령은 돌려드리겠습니다.」라고 말했더니 교장은 너구리 같은 눈을 껌뻑이며 내 얼굴을 들여다봤다. 잠시 후, 「조금 전에 말한 건 그저 희망에 불과하네. 자네가 희망대로 할 수 없다는 사실은 잘 알고 있으니 걱정하지 말게」라고 말하면서 웃었다. 그럴 줄 잘 알고 있었다면 처음부터 말하지 않았으면 좋았을 것을.

그러는 동안 나팔소리가 들려왔다. 교실 쪽이 갑자기 시끄러워졌다. 「이제 교원들도 교무실에 다 모였을 걸세.」라고 말하기에 교장 뒤를 따라서 교무실로 들어섰다. 넓기는 했지만 폭이 좁고 긴 방 주위에 책상들이 나란히 놓여 있었으며 모두들 자리에 앉아 있었다. 내가 들어서는 것을 보고 모두 약속이라도 한 것처럼 내 얼굴을 쳐다봤다. 무슨 구경거리도 아닌데. 그리고 시킨 대로 한 사람 한 사람 앞으로 가서 지령을 내보이며 인사했다. 대부분은 의자에서 일어나 그저 허리를 숙일 뿐이었지만 생각이 있는 사람들은 내보인 지령을 받아들고 한번 살펴본 뒤 그것을 공손하게 돌려주었다. 무슨 유랑극단을 흉내 내는 것 같았다. 15번째 체육교사 앞으로 왔을 때는 똑같은 일을 몇 번이고 되풀이했기에 조금 답답한 기분이 들었다. 상대는

한 번으로 끝나지만 나는 같은 동작을 15번이나 되풀이했다. 조금은 내 입장도 생각해줘야 하는 것 아닌가?

인사를 한 사람 중에 이름은 잘 모르겠지만 교감이라는 사람이 있었다. 이 사람은 문학사(文學士)라고 했다. 문학사라면 대학 졸업생일 테니 훌륭한 사람일 것이다. 이상하게 여자와도 같은 나긋나긋한 목소리를 내는 사람이었다. 더욱 놀란 것은 이렇게 더운데도 불구하고 모직 셔츠를 입고 있다는 사실이었다. 조금 얇은 천임에는 틀림없었지만 그래도 당연히 더울 것이다. 역시 문학사답게 고통스럽기 그지없는 복장을 하고 있었다. 그리고 그것이 빨간 셔츠였기에 더욱 기가 막혔다. 나중에 들은 바에 의하면 이 사내는 일 년 내내 빨간 셔츠를 입는 다는 것이었다. 정말 희한한 병도 다 봤다. 본인의 설명에 의하면 빨간색은 몸에 약이 되기 때문에 위생을 위해서 일부러 주문을 하는 것이라고 했는데, 별 걱정도 다 한다. 그럼 아예 바지와 다른 옷도 빨간색으로 하면 될 것 아니겠는가? 그리고 영어교사 중에 고가(古賀)라고 하는 혈색이 아주 좋지 않은 사내가 있었다. 대체로 얼굴이 창백한 사람은 마른 편이지만 이 사내는 퍼렇게 부어올랐다. 옛날, 소학교에 다닐 때 동급생 중에 아사이 다미(淺井民)라는 동급생이 있었는데 그 아사이의 아버지도 역시 이런 피부색을 가지고 있었다. 아사이는 농부였기에 농부가 되면 그런 얼굴을 갖게 되냐고 기요에게 물었더니 「그게 아니에요. 그 사람은 말라빠진 호박만 먹어서 퍼렇게 부어오른 거예요」라고 가르쳐주었다. 그날 이후로 퍼렇게 부어

오른 사람을 보면 반드시 말라빠진 호박을 먹었기 때문이라고 생각했다. 이 영어교사도 틀림없이 말라빠진 호박만 먹고 있을 것이다. 그런데 말라빠진 호박이라는 게 어떤 것을 말하는 건지 아직도 잘 모르겠다. 기요에게 물어본 적이 있었는데 기요는 웃기만 하고 대답을 해주지 않았다. 아마 기요도 잘 모르는 것이리라. 그리고 나와 같은 수학선생 중에 홋타(堀田)라는 사람이 있었다. 이 사람은 커다란 밤송이 같은 머리에 에이잔(叡山)의 땡중과도 같은 얼굴을 하고 있었다. 내가 정중하게 지령을 내밀었더니 쳐다볼 생각도 않고 「아, 자네가 신임 선생인가? 한번 놀러 오게나. 아하하하.」라고 말했다. 뭐가 우습다는 건지. 이렇게 예의도 모르는 녀석의 집에 놀러 가는 사람도 다 있나? 나는 이때부터 이 땡중에게 고슴도치라는 별명을 붙여줬다. 과연 한문선생은 고리타분했다. 「어제 도착해서 피곤할 텐데 벌써 수업을 시작하다니 정말 고생이 많으십니다.」라고 따로 인사를 하는 것을 보면 그래도 애교 있는 늙은이다. 미술교사는 그야말로 예술가 타입이었다. 살랑살랑 얇은 비단으로 짠 하오리13)를 걸치고 부채를 파닥이면서 「고향은 어디신지? 도쿄? 이거 잘 됐군. 친구가 생겨서……. 내 이래봬도 도쿄 깍쟁이라우.」라고 말했다. 이런 녀석이 도쿄 깍쟁이라면 도쿄에서 태어나지 말 걸 그랬다는 생각이 들었다. 이 외에도 한 사람 한 사람에 대해서 이런 식으로 쓰자면 얼마든지 쓸 수 있다. 하지만 끝이 없을 테니 그만두도록 하겠다.

한 바퀴 돌면서 인사를 하고 나자 교장이 「오늘은 이만

돌아가도록 하게. 그리고 수업에 관한 것은 수학 주임과 상의를 해두고 모레부터 수업을 시작해주게.」라고 말했다. 수학 주임이 누구냐고 물었더니 아까 그 고슴도치였다. 「재수 없어라. 이 녀석 밑에서 일하는 거야? 이런, 이런」이라며 실망했다. 고슴도치는 "이봐 자네 어디에 묵고 있나? 야마시로야? 알았네. 곧 갈 테니 상의를 하세."라는 말을 남긴 뒤 백묵을 들고 교실로 갔다. 주임이 몸소 납셔서 상의를 하시겠다니 식견이 없는 사내다. 하지만 나를 불러들이는 것보다는 백번 낫다.

그런 다음 학교 문을 나와서 바로 여관으로 돌아갈까 했지만 돌아간들 특별히 할 일이 있는 것도 아니었기에 잠깐 마을을 둘러보기로 하고 그저 발길 닿는 대로 여기저기 쏘다녔다. 현청(縣廳)도 봤다. 전(前) 세기에 지어진 낡은 건축물이었다. 병영도 봤다. 아자부에 있는 연대보다 멋지지 않았다. 큰길도 봤다. 가구라자카14)를 반으로 좁혀놓은 정도의 넓이로 거리 풍경은 그것보다 못했다. 25만 석15)짜리 무사가 거주하던 성 주위에 있는 마을이라야 뻔한 것이었다. 이런 곳에 살면서 번화가라고 뻐기는 인간들은 불쌍한 사람들이라고 생각하면서 어느 틈엔가 마을을 한 바퀴 돌아 야마시로야 앞에 도착했다. 넓은 듯 보이지만 실제로는 좁은 곳이었다. 이것으로 대충은 다 본 것이리라. 들어가서 밥이라도 먹으려고 문 안으로 들어섰다. 카운터에 앉아 있던 여주인이 내 얼굴을 보자 급히 뛰어나와 「어서 오세요…….」라며 마룻바닥에 앉아 머리를 숙였다. 구두를 벗고 올라섰더니 방이 비었다며 하녀가 2층으로 안내를

했다. 집 정면으로 난 15첩짜리 방으로 커다란 도코노마16)가 딸려 있었다. 나는 태어나서 지금까지 이렇게 훌륭한 방에 들어와 본 적이 없었다. 이후로도 언제 들어가 볼지 알 수 없었기에 양복을 벗고 유카타17) 한 벌만 걸친 채 방 한가운데 큰대자로 누워보았다. 기분이 좋았다.

점심을 먹고 바로 기요에게 편지를 썼다. 나는 글도 잘 못 쓰고 한자도 잘 모르기 때문에 편지 쓰기를 아주 싫어한다. 또 쓸 데도 없다. 하지만 기요는 걱정을 하고 있을 것이다. 배가 난파해서 죽은 거나 아닌지 걱정이라도 하면 난처해지니 분발해서 긴 편지를 썼다. 그 편지 내용은 다음과 같았다.

〈어제 도착했어. 별 볼일 없는 곳이야. 15첩짜리 방에서 묵고 있어. 여관에 팁으로 5엔을 줬어. 여주인이 머리를 마룻바 닥에 비벼댔어. 어제 밤에는 잠을 못 잤어. 기요가 사사아메를 잎째 먹는 꿈을 꿨어. 내년 여름에는 돌아갈 거야. 오늘 학교에 가서 모두들에게 별명을 붙여줬어. 교장은 너구리, 교감은 빨강 셔츠. 영어교사는 마른 호박, 수학은 고슴도치, 미술은 광대야. 다음에 또 여러 가지 얘기들을 써서 보낼게. 안녕.〉

편지를 다 쓰고 나니 기분이 좋아져서 잠이 쏟아지기에 조금 전처럼 방 한가운데 기다랗게 대자로 누웠다. 이번에는 아무런 꿈도 꾸지 않고 푹 잘 수 있었다. 「이 방인가?」라는 커다란 소리에 눈을 떠보니 고슴도치가 방으로 들어왔다. 「아까는 미안했네. 자네가 맡을 반은……」이라며 사람이 일어나자마자 담판을 지으려 들었기에 어안이 벙벙했다. 이야기를 들어보니

그리 대단할 것도 없을 것 같아서 승낙을 했다. 이 정도 일이라면 모레는커녕 내일부터 당장 시작하라고 해도 놀라지 않을 것이다. 수업에 관한 이야기가 끝나자 「자네 언제까지고 이런 여관에 있을 생각은 아니겠지. 내가 괜찮은 하숙을 주선해줄 테니 옮기도록 하게. 다른 사람이 얘기하면 안 받아줄지 몰라도 내가 얘기하면 바로 방을 마련해줄 걸세. 빠를수록 좋으니 오늘 가서 보고, 내일 옮기고, 모레부터 학교에 나가면 딱 맞을 걸세.」라고 제 혼자 계획을 다 세워 놨다. 하긴, 15첩이나 되는 방에 언제까지고 머물 수는 없었다. 월급을 전부 다 숙박비로 내도 모자랄지 모를 일이었다. 5엔이나 되는 팁을 주었는데 바로 옮기자니 좀 아까운 마음이 들었지만 어차피 옮길 거라면 빨리 옮겨서 정착하는 편이 편할 것이기에 그 문제에 관해서는 기꺼이 고슴도치에게 부탁을 하기로 했다. 그랬더니 고슴도치가 「어쨌든 함께 가보세.」라고 하기에 따라갔다. 동구 밖 언덕 중턱에 있는 집으로 매우 한산하고 조용한 곳이었다. 주인은 골동품을 매매한다는 이카긴(いか銀)이라는 사내였고, 안주인은 남편보다 네 살 정도 나이가 많아 보이는 여자였다. 중학교에 다닐 때 위치(witch)라는 말을 배운 적이 있었는데 이 안주인은 그야말로 위치를 닮았다. 마녀라도 다른 사람 마누라니 상관은 없었다. 결국 내일 이사를 하기로 했다. 돌아오는 길에 큰길에서 고슴도치가 얼음물을 한 잔 사줬다. 학교에서 봤을 때는 아주 건방지고 무례한 녀석이라고 생각했는데 이렇게 여러 가지로 뒤치다꺼리를 해주는 것을 보니 나쁜 사내 같지는 않았다.

단, 나처럼 성질이 급하고 욱하는 성격이 있는 듯했다. 나중에 들은 얘기에 의하면 이 사내가 학생들 사이에서 가장 인망이 높은 사람이라고 한다.

3

드디어 학교에 나갔다. 처음으로 교실에 들어서 높은 곳에 올랐을 때는 어딘지 이상한 기분이 들었다. 수업을 하면서 「나 같은 사람도 선생을 할 수 있는 걸까?」라는 생각이 들었다. 학생들은 시끄럽다. 지금까지 물리학교에서 매일 「선생님, 선생님.」하고 부르기만 했었는데 「선생님」하고 부르는 것과 불리는 것은 하늘과 땅 차이이다. 왠지 모르게 발바닥이 간질거린다. 나는 비겁한 인간은 아니다. 겁쟁이도 아니지만 애석하게도 담력이 부족하다. 누가 「선생님」하고 큰 소리로 부르면, 배가 고플 때 마루노우치(丸の内)에서 정오를 알리는 대포소리를 들은 것 같은 기분이 들었다. 첫 번째 한 시간은 어느 틈엔가 적당히 지나가버렸다. 하지만 특별히 어려운 질문도 없이 끝났다. 교무실로 돌아왔더니 고슴도치가 「어때?」라고 물었다. 「응.」이라고 간단하게 대답했더니 고슴도치는 안심한 듯했다.

두 번째 시간에 백묵을 들고 교무실을 나설 때에는 적지로 뛰어드는 듯한 기분이 들었다. 교실로 들어서니 그 반에는 전보다 커다란 녀석들만 있었다. 나는 도쿄사람으로 조그맣고 말랐기 때문에 높은 곳에 올라서도 좀처럼 위압감을 주지 못한다. 싸움이라면 씨름꾼하고라도 할 수 있지만 이런 고깃덩이 같은 녀석들을 40명이나 눈앞에 앉혀놓고 세 치 혀를 놀려서

그들을 제압할 만한 기술은 가지고 있지 못하다. 하지만 이런 촌놈들에게 한 번 약점을 잡히면 끝까지 갈 것이라고 생각했기에 가능한 한 커다란 목소리로, 조금 혀를 말아가며[18] 수업을 했다. 처음 한동안은 학생들도 나의 이 전략에 말려든 듯 멍하니 앉아 있었기에 「꼴좋다.」고 생각하며 더욱 신이 나서 혀를 말아댔더니 가장 앞 줄 한가운데 있던, 가장 세 보이는 녀석이 갑자기 자리에서 일어나 「선생님.」하고 불렀다. 「드디어 왔구나.」라고 생각하며 「뭐지?」라고 물었더니 「겁나 빨라서 못 알아듣것구먼유. 설렁설렁 해줘유, 쪼매.」라고 말했다. 「설렁설렁 해줘유, 쪼매.」는 건방진 말이다. 「너무 빠르다면 천천히는 해주겠지만 나는 도쿄사람이기 때문에 너희들이 쓰는 말은 모른다. 잘 모르겠으면 알게 될 때까지 기다리도록.」이라고 대답해주었다. 이런 식으로 두 번째 시간은 생각보다 잘 끝마쳤다. 단, 막 교실에서 나오려고 하는데 학생 한 명이 「이 문제 좀 가르쳐줘유, 쪼매.」라며 풀 수 있을 것 같지 않은 기하학 문제를 가지고 와서 덤벼드는 데는 식은땀을 흘렸다. 하는 수 없이 「잘 모르겠으니 이다음 번에 가르쳐주겠다.」고 말하고 서둘러 교실에서 나왔더니 학생들이 「와아.」하며 떠들어댔다. 그 속에서 「모른디, 몰러.」라는 소리도 들려왔다. 「멍청한 녀석들. 선생한테도 모르는 건 당연히 있는 법이다. 모르는 것을 모른다고 했는데 뭐가 우습단 말이야. 그런 문제를 아는 사람이 40엔 받자고 이런 깡촌까지 올 거 같아?」라고 생각하며 교무실로 돌아왔다. 「이번에는 어땠어?」라며 다시 고슴도치가 물었다.

「응.」이라고 대답했지만 「응」만으로는 성에 차질 않아서 「이 학교 학생들은 알다가도 모르겠어.」라고 대답했다. 고슴도치가 묘한 표정을 지었다.

세 번째 시간도, 네 번째 시간도, 점심시간이 지난 뒤 첫 번째 시간도 크게 다를 바가 없었다. 첫날 들어간 반에서는 모두 조금씩 실수를 했다. 교사란 보기보다 그렇게 편한 직업이 아니라는 생각이 들었다. 수업은 전부 끝났지만 아직 돌아갈 수는 없었다. 3시가 될 때까지 혼자 멍하니 기다려야 했다. 3시가 되면 담임을 맡은 반 학생이 자신들의 교실을 청소한 뒤 청소가 끝났음을 알리러 오니 검사를 해야 한다고 했다. 그리고 출석부를 한 번 살펴본 후에야 간신히 자기 시간이 생긴다. 제 아무리 월급을 받는 몸이라고는 하지만, 빈 시간에까지 학교에 묶여서 책상과 눈싸움을 해야 하다니 이런 법이 어디 있는가? 하지만 다른 사람들 모두 조용히 규칙에 따라서 행동하고 있는데 신참인 나만 죽는 소리를 하는 것도 좋지 않겠다 싶어서 그냥 참았다. 돌아가는 길에 「이봐, 누가 뭐래도 3시 넘어서까지 학교에 있어야 한다는 건 한심하기 짝이 없는 짓 아닌가?」라고 고슴도치에게 호소했더니 고슴도치는 「맞아. 아하하하.」라고 웃다가 잠시 뒤에 진지한 얼굴로 「자네 학교에 대해서 너무 불평하면 안 되네. 할 거면 나한테만 하게. 꽤 이상한 사람들도 있으니까.」라고 충고하듯 말했다. 네거리에서 헤어졌기에 자세한 얘기를 들을 틈은 없었다.

그렇게 집으로 돌아오니 하숙집 주인이 차를 마시자며 찾아왔다. 차를 마시자고 하기에 끓여주려나 했더니 내 차를 덥석 집어다 끓여서 자기가 마셨다. 이것을 보니 어쩌면 내가 없을 때도 제멋대로 「차를 마십시다.」를 실천하고 있을지도 모르겠다는 생각이 들었다. 주인은 「나는 고화(古畵)를 좋아해서 결국에는 이런 장사를 남모르게 시작하게 되었습니다. 내가 보기엔 선생님도 꽤나 풍류를 즐기는 분 같습니다. 취미 삼아 한번 해보시는 게 어떻겠습니까?」라며 어처구니없는 권유를 해왔다. 2년 전 어떤 사람의 심부름으로 제국호텔에 갔을 때는 문 고치는 사람 취급을 받은 적이 있었다. 담요를 뒤집어쓰고 가마쿠라에 있는 대불(大佛)을 볼 때는 차부(車夫)가 「형님」이라고 불렀다. 그 외에도 지금까지 나를 잘못 본 사람들은 꽤 많았지만 아직 나를 보고 「꽤나 풍류를 즐기는 분」이라고 말한 사람은 없었다. 옷차림이나 모습을 보면 대강 알 수 있다. 그림을 보더라도 풍류를 아는 사람이란, 두건을 쓰고 있거나 시를 지어 넣는 기다란 종이를 들고 있는 법이다. 이런 나를 보고 풍류를 아는 사람이라고 진지하게 말하다니 보통 의심쩍은 사람이 아니다. 「나는 그렇게 한가롭게 은거나 하는 걸 좋아하지 않는다.」고 말했더니 주인은 「헤헤헤헤.」 웃으면서 「아니, 처음부터 좋아하는 사람은 아무도 없지만 일단 이 길에 한번 빠져들면 좀처럼 벗어나질 못합니다.」라고 말하고 혼자서 차를 따라 묘한 손동작으로 그것을 마셨다. 사실은 어젯밤에 차를 사다달라고 부탁을 했었는데 이렇게 씁쓸한 맛이 진한 차는 좋아하지 않는다. 한 잔만 마셔도 위가 아려오는 듯한 느낌이 든다. 다음부터는 좀 덜 쓴 것으로 사다달라고 했더니 「알겠습니다.」라며 또 한 잔을 따라 마셨다. 남의 차라고 해서 마구 마셔대는 녀석이다. 주인이 돌아간 뒤에 내일 가르칠 데를 대강 훑어보고 바로 잠을 자버렸다.

그리고 매일매일 학교에 가서 규칙대로 일을 하고 매일매일 하숙에 돌아오면 주인이 「차를 마십시다.」라며 내 방으로 건너 왔다. 일주일 정도 지나자 학교가 돌아가는 모습도 어느 정도 파악할 수 있었으며, 하숙집 부부의 인물 됨됨이도 대체로 알 수 있었다. 다른 교사들에게 물어보니 지령을 받은 지 일주일 에서 한 달 정도 되는 동안에는 자신에 대한 평판이 좋은지 나쁜지 아주 신경이 쓰이는 법이라고들 했지만 내게는 그런 마음이 조금도 없었다. 교실에서 때때로 실수를 하면 그때만은 별로 기분이 좋지 않았지만 그런 기분도 30분 정도 지나면 깨끗하게 사라져버렸다. 나는 무슨 일에 있어서나 오래 걱정을 하려 해도 걱정을 하지 못하도록 생겨먹은 인간이었다. 교실에 서의 실수가 학생들에게 어떤 영향을 주고, 그 영향이 교장이나 교감에게 어떤 반응을 일으키게 하는지에 대해서는 전혀 신경을 쓰지 않았다. 앞에서도 말한 대로 나는 그렇게 담이 큰 사내는 아니었지만 한번 마음을 먹으면 그대로 밀어붙이는 인간이었 다. 이 학교가 영 글러먹었으면 바로 다른 곳으로 갈 각오로 있었더니 너구리나 빨강셔츠 모두 조금도 무섭지 않았다. 그리 고 교실의 풋내기들에게는 사랑이나 칭찬을 해줄 마음이 조금도 생겨나질 않았다. 학교는 그런 대로 괜찮았지만 하숙은 그렇지

가 못했다. 주인이 차를 마시러 오는 것뿐이었다면 참을 수도 있었겠지만, 여러 가지 물건들을 가지고 왔다. 처음에 가지고 온 것은 만능 도장으로 10종류 가까이 되는 것들을 늘어놓고 전부해서 3엔이면 거의 공짜니 사라는 것이었다. 「시골을 찾아다니는 떠돌이화가도 아니고 그런 건 필요 없어.」라고 말했더니 이번에는 가잔(華山)인지 뭔지 하는 사람의 화조도(花鳥圖) 족자를 가지고 왔다. 자기 혼자 장식공간에 걸어놓고 「좋지 않습니까?」라고 말하기에 「그런가?」하고 적당히 겉치레 말을 했더니 「가잔이란 사람은 두 명이 있죠. 한 명은 무슨무슨 가잔이고, 또 다른 한 명은 무슨무슨 가잔인데 이 그림은 그 무슨무슨 가잔의 그림입니다.」라며 쓰잘머리 없는 설명을 한 뒤에 「어떻습니까? 선생님에게는 15엔에 드리겠습니다. 사두세요.」라고 재촉을 한다. 돈이 없다고 거절하자 「돈은 언제 줘도 상관없습니다.」라며 물러설 줄 몰랐다. 돈이 있어도 사지 않을 거라며 내쫓아버렸다. 그 다음에는 귀면(鬼面) 망새만큼 커다란 벼루를 짊어지고 왔다. 「이건 땅케19)입니다. 땅케입니다.」라며 두 번이고 세 번이고 땅케, 땅케 하기에 재미삼아서 「땅케가 뭐래유?」라고 물었더니 바로 설명을 하기 시작했다. 「땅케에는 상층, 중층, 하층이 있는데 요즘 것들은 전부 상층이지만 이건 틀림없는 중층이죠. 눈20)이 세 개나 있는 건 드뭅니다. 먹도 아주 잘 갈려요, 시험 삼아 한번 해보세요.」라며 커다란 벼루를 내 앞으로 쑥 밀어놓았다. 「얼마지?」라고 물었더니 「소유자가 중국에서 들고 들어와서 꼭 팔고 싶다고 하니 싸게

30엔에 드립죠.」라고 말했다. 이 사내는 바보임에 틀림없다. 학교 문제는 그럭저럭 별 탈 없이 넘어갈 수 있을 것 같지만 이 골동품 공격에는 오래 견딜 수 있을 것 같지가 않았다.

곧 학교에도 싫증이 났다. □□21)어느 날 밤, 오마치(大町)라는 곳을 산책하다가 우체국 옆에서 메밀국수라고 써놓고, 그 밑에 도쿄라는 말을 덧붙여놓은 간판을 발견했다. 나는 메밀국수를 아주 좋아한다. 도쿄에 있을 때도 메밀국수집 앞을 지나가다 그 국물냄새를 맡으면 무슨 일이 있어도 들어가고 싶어졌었다. 지금까지는 수학과 골동품 때문에 메밀국수를 잊고 있었는데 이렇게 간판을 보자 그냥 지나칠 수가 없었다. 핑계 김에 한 그릇 먹고 가려고 안으로 들어섰다. 들어가 보니 간판과는 딴 판이었다. 도쿄라고 덧붙여놓은 이상 조금 더 잘 꾸몄으면 좋았을 것을 도쿄를 모르는 것인지 돈이 없었던 것인 더럽기 짝이 없었다. 다다미는 색이 바랬으며 거기에다 흙이 버석버석 밟혔다. 벽은 그을음으로 새카맸다. 천장은 램프에서 나오는 기름때로 시커멓게 찌들었을 뿐만 아니라 낮아서 나도 모르게 고개를 움츠리게 될 정도였다. 단지 깨끗하게 메밀국수의 이름을 적어 붙여놓은 가격표만은 새것이었다. 전부 낡은 것들을 사들여서 이삼일 전부터 장사를 시작한 것임에 틀림없었다. 가격표 가장 위에 튀김메밀국수가 있었다. 「이봐, 튀김메밀국수 줘.」라고 커다란 소리로 말했다. 그러자 지금까지 구석에서 셋이 모여 무엇인가를 훌쩍훌쩍, 쭉쭉 먹고 있던 무리들이 하나 같이 나를 바라보았다. 방이 어두워서 몰랐었는데 얼굴을

마주하고 보니 모두 학교 학생들이었다. 그쪽에서 인사를 하기에 나도 인사를 했다. 그날 밤에는 오랜만에 메밀국수를 먹는 것이었기에 맛있어서 튀김메밀국수를 4그릇이나 먹어치웠다.

다음 날, 평소와 다름없이 교실로 들어서니 칠판에 하나 가득 커다란 글씨로 「튀김메밀국수 선생」이라고 적혀 있었다. 내 얼굴을 보더니 모두가 와아 하고 웃었다. 나는 너무나도 한심해서 「튀김메밀국수를 먹지 말라는 법이라도 있나?」라고 물었다. 그러자 학생 중 한 명이 「그래도 네 그릇은 많쥬, 쪼매.」라고 말했다. 「네 그릇을 먹든, 다섯 그릇을 먹든 내가 내 돈 내고 먹겠다는데 뭔 말들이 많은가?」라며 잽싸게 수업을 마치고 교무실로 돌아왔다. 10분 후에 다음 교실로 들어갔더니 「한 번에 튀김메밀국수 4그릇. 단, 웃어선 안 됨.」이라고 칠판에 적혀 있었다. 아까는 그렇게 거슬릴 것도 없었지만 이번에는 화가 났다. 농담도 도가 지나치면 악담이 되는 법이다. 떡을 새카맣게 구워놓는다면 누구도 칭찬하지는 않을 것이다. 촌놈들은 어느 정도까지 해야 하는지를 모르기 때문에 끝도 없이 떠들어대도 상관없다고 생각하는 모양이다. 한 시간만 걸으면 더 이상 구경할 것도 없는 좁은 마을에 살면서 다른 재미있는 일이 없기 때문에 튀김메밀국수 사건을 러일전쟁처럼 떠들어대는 것이리라. 불쌍한 녀석들이다. 어렸을 때부터 이런 식으로 교육을 받기 때문에 묘하게 비틀어진 분재화분의 단풍나무처럼 속 좁은 어른이 되는 것이다. 사심 없이 하는 짓이라면 함께 웃어넘길 수도 있지만, 이건 대체 뭘 어쩌란 말인가? 어린

녀석들이 고약한 독기를 품고 있다. 나는 말없이 튀김메밀국수를 지우고 「이런 장난이 재밌나? 비겁한 농담이다. 너희들은 비겁하다는 말의 뜻을 알고 있는가?」라고 말했더니 「지가 한 행동을 남들이 웃는다고 해서 화를 내는 게 비겁한 거 아닌가유.」라고 대답하는 녀석이 있었다. 정나미가 떨어지는 녀석이다. 이런 녀석들을 가르치려고 도쿄에서 일부러 온 것인가 하는 생각이 들자 내 자신이 한심스러웠다. 「쓸데없는 소리 하지 말고 공부나 해.」라고 말하고 수업을 시작했다. 그 후, 다음 교실에 들어가 보니 「튀김메밀국수를 먹으면 변명을 하고 싶어지는 법」이라고 적혀 있었다. 정말 어쩔 수 없는 녀석들이다. 너무 화가 나서 「이런 건방진 녀석들은 가르칠 수 없다.」고 말하고 그대로 집으로 돌아와버렸다. 학생들은 수업이 없어졌다고 기뻐했다고 한다. 이래서야 학교보다는 골동품이 훨씬 더 낫겠다.

튀김메밀국수 사건도 집에 돌아와서 하룻밤 자고 나니 그렇게 화낼 일도 아니라는 생각이 들었다. 학교에 나가보니 학생들도 나와 있었다. 뭐가 어떻게 돌아가는 건지 모르겠다. 그 후로 사흘 정도는 별일 없이 지내다 나흘째 되던 날 밤에 스미타(住田)라는 마을에서 떡꼬치를 먹었다. 이 스미타라는 곳은 온천이 있는 마을로 시내에서 기차로 10분 정도, 걸어서는 30분 정도 떨어진 곳에 위치한, 요리점과 온천장, 공원은 물론 유곽까지도 있는 마을이다. 내가 들어갔던 떡꼬치집은 유곽 입구에 있었는데 맛이 아주 좋다는 평판이었기에 온천에 갔다 돌아오는 길에

한번 먹어봤다. 이번에는 학생들도 보지 못했으니 아무도 모를 것이라고 생각하고 다음날 학교로 가서 첫 번째 교실에 들어섰더니 「떡꼬치 두 접시 7센」이라고 적혀 있었다. 실제로 나는 두 접시를 먹고 7센을 냈다. 정말 귀찮기 짝이 없는 녀석들이다. 두 번째 시간에도 틀림없이 뭔가가 있을 거라고 생각했는데 「유곽의 떡꼬치. 맛있다. 맛있다.」라고 적혀 있었다. 넌덜머리나는 녀석들이다. 그것으로 떡꼬치가 끝났나 싶었더니 이번에는 빨간 수건이라는 것이 화젯거리가 되었다. 무슨 일인가 했더니 참으로 우습지도 않은 것이었다. 이곳에 온 이후 나는 매일 스미타에 있는 온천에 다니기로 마음먹었다. 다른 곳은 어디를 가봐도 전부 도쿄의 발끝에도 미치지 못했지만 온천만큼은 일품이었다. 이왕 왔으니 매일 온천에나 가자 생각하고 저녁을 먹기 전에 운동 삼아서 다녀오곤 했다. 그런데 갈 때는 언제나 커다란 수건을 들고 갔다. 이 수건에 빨간 줄무늬가 있는 데다가 온천수에 물들어서 언뜻 보면 빨간색으로 보였다. 나는 이 수건을 갈 때나 돌아올 때나, 기차를 탈 때나 걸을 때도 언제나 들고 다녔다. 그 때문에 학생들이 나를 「빨간 수건, 빨간 수건」하고 부르는 것이란다. 조그만 마을에서 살다보면 아무래도 귀찮은 법이다. 그것뿐만이 아니었다. 온천은 3층짜리 신축 건물로 고급 탕은 유카타를 빌려주고, 등을 밀어주는데도 8센밖에 하지 않았다. 그리고 여자가 대접에다 차를 담아 가지고 온다. 나는 언제나 고급 탕을 이용했다. 그러자 월급을 40엔 받으면서 매일 고급 탕을 이용하는 것은 사치라는 소리가 들려왔다.

쓸데없는 참견이다. 또 있다. 욕탕은 화강암을 쌓아 만들었는데 넓이는 15첩짜리 방만 했다. 대부분 열서너 명 정도 되는 사람들이 들어가 있지만 가끔은 아무도 없을 때가 있었다. 일어서면 물이 젖꼭지 부근까지 올 정도의 깊이였기에 운동을 위해서 수영을 하면 기분이 아주 상쾌했다. 나는 사람이 없을 때면 15첩 넓이의 탕 속을 헤엄치며 돌아다니기를 즐겼다. 그러던 어느 날 3층에서 기세 좋게 내려와 「오늘도 수영을 할 수 있으려나?」 싶어서 문틈으로 들여다보니 커다란 간판에 검은 글씨로 「탕에서 수영금지」라고 쓴 것을 붙여놓았다. 탕 속에서 수영을 하는 사람은 그다지 많지 않을 테니 이 간판은 어쩌면 나 때문에 특별히 만든 것일지도 몰랐다. 그 이후로 나는 수영을 포기했다. 수영은 포기했지만 학교에 가보니 예전과 다름없이 칠판에 「탕에서 수영금지」라고 쓰여 있는 데는 놀라지 않을 수 없었다. 왠지 학생 전체가 나 한 사람을 감시하고 있는 것 같다는 생각이 들었다. 기분이 우울해졌다. 학생들이 뭐라고 하든 마음먹은 일을 그만둘 나는 아니었지만 뭐 하자고 이런 좁아터져 숨이 막힐 것 같은 곳에 왔는지 한심하다는 생각이 들었다. 집으로 돌아가면 변함없이 골동품이 공격을 해왔다.

4

　학교에는 숙직이라는 것이 있어서 직원들이 번갈아가며 숙직을 선다. 단, 너구리와 빨강셔츠는 예외였다. 어째서 이 두 사람은 숙직이라는 당연한 의무를 면제받는 거냐고 물었더니 주임대우(奏任待遇)이기 때문이라고 한다. 월급은 많이 받고, 일하는 시간은 짧고 거기다 숙직까지 면제라니 이런 불공평한 대우가 어디 있단 말인가? 제멋대로 규칙을 만들어놓고 당연히 그렇게 해야 한다는 표정을 짓고 있다. 어떻게 저렇게 뻔뻔스러울 수가 있는 건지. 이 문제에 대해서는 상당한 불만을 품고 있었는데 고슴도치의 말에 의하면 혼자서 제아무리 불평을 늘어놓아도 그것은 들어줄 만한 일이 아니라는 것이었다. 혼자가 됐든, 둘이 됐든 옳은 일이라면 관철시킬 수 있는 법이다. 고슴도치는 might is right라는 영어를 인용해가면서 계속 타일렀지만 무슨 말인지 잘 알 수 없어서 되물어보니 강자의 권리라는 의미라고 했다. 강자의 권리라면 나도 옛날부터 잘 알고 있었다. 새삼스레 고슴도치로부터 설명을 들을 필요는 없었다. 강자의 권리와 숙직은 별개의 문제다. 너구리와 빨강셔츠가 강자라니, 나는 인정할 수 없었다. 논의는 논의였고, 어쨌든 드디어 내가 숙직을 설 차례가 되었다. 원래 예민한 성격이기 때문에 내 이불에서 편하게 자지 않으면 잔 것 같은 느낌이 들지 않는다. 어렸을 때부터 친구 집에서 잔 적이 거의 없을 정도였다. 친구 집에서도 자기 싫어할 정도였으니 학교에서의 숙직은 죽을 만큼 싫었다. 싫기는 했지만 이것도 40엔 속에 포함되어 있는 일이라니 어쩔 수 없었다. 참고 숙직을 서주자.

교사와 학생들이 모두 돌아간 뒤에 혼자 멍하니 있는 것은 참으로 따분한 일이었다. 숙직실은 교실 뒤쪽에 있는 기숙사의 서쪽 끝 방이었다. 잠깐 들어가 보았는데 지는 해를 그대로 받아 숨이 막혀서 있을 수가 없었다. 시골이라 그런지 가을이 와도 오랫동안 더위가 가시지 않았다. 학생들이 먹는 밥을 가져다 저녁을 먹었는데 그렇게 맛없는 밥은 처음 먹어보았다. 그런 밥을 먹으면서 참 잘도 날뛴다. 그리고 저녁을 4시 반에 서둘러 먹는 것을 보면 틀림없이 호걸들일 게다. 밥을 먹기는 했지만 아직 해가 지지 않았으니 잠을 잘 수도 없는 노릇이었다. 잠깐 온천에 다녀오고 싶다는 생각이 들었다. 숙직이면서 밖에 나가는 것이 잘하는 일인지 어떤지는 몰랐지만 이렇게 아무런 하는 일도 없이 멍하니 중금고형을 받은 사람처럼 괴로움을 받아야 하다니 견딜 수가 없었다. 처음 학교에 왔을 때 「당직은?」 이라고 물었더니 「잠깐 볼일이 있어서 나갔다.」는 사환의 말을 듣고 이상하다고 생각했는데 내 차례가 되고 보니 그 마음을 알 것도 같았다. 나가는 것이 옳은 것이었다. 내가 사환에게 잠깐 나갔다오겠다고 말했더니 「볼일이라도 있으세요?」라고 묻기에 볼일이 아니라 온천에 가는 것이라고 대답하고 얼른 나와버렸다. 빨간 수건을 하숙집에 놓고 온 것이 좀 아쉽기는 했지만 오늘은 온천에서 빌리기로 했다.

　그런 다음 아주 여유 있게 탕 속을 드나들다가 해가 질 무렵이 돼서야 드디어 기차를 타고 고마치(古町) 정류장까지 와서 내렸다. 여기서부터 학교까지는 4정22) 정도 떨어져 있다. 식은 죽 먹기라며 걷기 시작했는데 맞은편에서 너구리가 걸어왔다. 너구리는 지금부터 이 기차를 타고 온천에 갈 모양인 듯했다. 성큼성큼 급한 걸음으로 다가왔는데 서로 스쳐 지날 때 내 얼굴을 보기에 가볍게 인사를 했다. 그러자 너구리가 「선생님, 오늘 숙직 아니었습니까?」라고 진지한 얼굴로 물었다. 「숙직 아니었습니까?」는 또 뭐란 말인가? 두 시간 전에 나한테 「오늘 밤 첫 숙직이죠? 고생하세요.」라고 인사를 하지 않았는가? 교장이 되면 다들 저렇게 비꼬는 식으로 말을 해야 하는 건가? 나는 울컥 화가 치밀어 올라서 「네 숙직입니다. 지금부터 돌아가서 잠만은 틀림없이 학교에서 자겠습니다.」라고 내뱉듯 말하고 걷기 시작했다. 다테마치(堅町)의 네거리까지 오자 이번에는 고슴도치와 마주치게 되었다. 역시 좁은 곳이다. 밖에 나와 돌아다니다 보면 반드시 누군가 아는 사람을 만나게 된다. “이봐, 자네 숙직 아니었나?”라고 묻기에 “응, 숙직이야.”라고 대답했더니 “숙직이 함부로 나돌아 다니다니 큰일 나려고 그래?”라고 말했다. “큰일 날 거 뭐 있겠나? 나돌아 다니지 않는 게 더 큰일일세.”라며 거드름을 피워 보였다. “자네의 그 흐리터분한 성격도 참 문제로구먼. 교장이나 교감을 만나면 귀찮아질 거야.”라며 고슴도치답지 않은 말을 하기에 “교장이라면 조금 전에 만났다네. 더울 때는 산책이라도 하지 않으면 숙직도 중노동이죠, 라며 교장이 산책하는 나를 칭찬했다네."라고 말하고 귀찮아서 재빨리 학교로 돌아왔다.

그 뒤로 해는 바로 저물었다. 해가 진 뒤 두 시간 정도 사환을 숙직실로 불러서 이야기를 했지만 그것도 싫증이 나서 잠은 못 자더라도 잠자리에 들려고 잠옷으로 갈아입고, 모기장을 치고, 빨간 담요를 걷어 젖히고, 엉덩방아를 찧은 뒤 천장을 보고 누웠다. 내가 잠을 잘 때 쿵하고 엉덩방아를 찧는 것은 어렸을 때부터의 버릇이었다. 나쁜 버릇이라며 오가와마치에서 하숙을 하고 있을 때 밑에 살고 있던 법률학교 학생이 불만을 토로하러 온 적이 있었다. 법률학생이란 녀석들은 힘도 없는 주제에 쓸데없이 입만 살아 있는 법으로, 같잖은 말을 길게 늘어놓기에 「잘 때 쿵쿵 소리가 나는 것은 내 엉덩이가 잘못돼서 그런 게 아니라 하숙집 건물이 부실해서 그런 거다. 불평을 하려면 하숙집에 해라.」하고 묵사발을 만들어버렸다. 이 숙직실은 2층이 아니니 제 아무리 세게 쓰러져도 상관없다. 아주 세게 쓰러지지 않으면 잔 것 같은 기분이 들지 않는다. 「아, 기분 좋다.」라며 다리를 쭉 펴자 무엇인가가 두 다리로 날아들었다. 거칠거칠한 것이 벼룩 같지는 않았기에 「뭐야?」라며 놀라 담요 속에서 다리를 두세 번 흔들어보았다. 그러자 거칠거칠하던 것이 갑자기 늘어나서 정강이에 대여섯 군데, 허벅지에 두어 군데, 엉덩이 밑에서 「버석」하고 눌려 터진 것이 하나, 배꼽부근까지 뛰어 오른 것이 하나. 깜짝 놀랐다. 벌떡 일어나

담요를 휙 젖혀보니 담요 속에서 메뚜기가 오륙십 마리 뛰쳐나왔다. 정체를 알 수 없었을 때는 조금 기분이 나빴지만 메뚜기였다는 사실을 알고 나서는 갑자기 화가 치밀어 오르기 시작했다. 메뚜기 주제에 사람을 놀라게 하다니, 어디 두고 보자 하고 베개를 집어 두세 번 내리쳤지만 상대가 너무 작았기 때문에 기세 좋게 내리치는 것에 비해서는 효과가 별로 없었다. 하는 수 없이 다시 담요 위에 앉아서 대청소 때 빗자루로 다다미를 털어내듯이 주변을 마구 쳐댔다. 메뚜기가 놀란 데다가 베개로 내리치는 반동으로 튀어 오르는 것이기 때문에 내 어깨와 머리, 코끝에 들러붙기도 하고 부딪히기도 했다. 얼굴에 붙은 녀석을 베개로 내리칠 수는 없었기에 손으로 잡아서 힘껏 내던졌다. 하지만 분하게도 제 아무리 힘껏 내던져도 부딪치는 곳이 모기장이었기에 모기장이 들썩할 뿐 아무런 효과도 없었다. 메뚜기는 부딪힌 채로 모기장에 붙어 있었다. 죽기는커녕 다리 하나 다치지 않았다. 30분 정도 걸려서 간신히 메뚜기들을 퇴치했다. 빗자루를 들고 와서 메뚜기들의 시체를 쓸어냈다. 사환이 와서 「무슨 일이세요?」라고 묻기에 「무슨 일이나마나 담요 속에서 메뚜기를 기르는 녀석이 어딨어? 한심한 녀석.」이라고 야단을 쳤더니 「나는 모르겠는데요.」라며 변명을 했다. 「모르면 다야?」라며 빗자루를 마루 쪽으로 던졌더니 사환은 조심조심 빗자루를 짊어지고 돌아가버렸다.

나는 곧 기숙사 학생 중 대표자를 세 명 불러냈다. 그러자 여섯 명이 나왔다. 여섯 명이든 열 명이든 상관없다. 잠옷을

입은 채로 팔을 걷어붙이고 담판을 짓기 시작했다.

"왜 내 잠자리에 메뚜기를 넣은 거지?"

"메뚜기가 뭐래유?"라고 정면에 있는 한 녀석이 말했다. 너무나도 침착한 말투였다. 이 학교는 교장뿐만이 아니었다. 학생들마저도 비꼬는 듯한 말투를 사용했다.

"메뚜기를 모른단 말이야? 모른다면 내 보여주지."라고 말했지만 마침 전부 쓸어냈기에 한 마리도 남아 있질 않았다. 다시 사환을 불러서 "아까 그 메뚜기를 가져와."라고 말했더니 "벌써 쓰레기장에 버렸는데 주워올까요?"라고 묻는다. "그래, 주워 와."라고 말했더니 사환은 급히 달려 나갔다가 얼마 지나지 않아서 종이 위에 10마리 정도 얹어 와서는 "안 됐지만 마침 밤이라 이거밖에는 찾지 못했습니다. 내일 더 주워오겠습니다." 했다. 사환마저도 바보다. 나는 메뚜기 한 마리를 학생들에게 보이며 "바로 이게 메뚜기다. 덩치만 커다래가지고 메뚜기도 모르다니 뭐 하는 녀석이야?"라고 말했더니 제일 왼쪽에 있던 얼굴이 둥근 녀석이 "그건 방아깨비자녀."라며 건방지게 윽박지르려 들었다. "멍청한 녀석. 메뚜기나 방아깨비나 마찬가지 아냐. 그리고 선생님한테 '자녀'라니 어디서 배워먹은 말버릇이야? 자녀는 자기 자식들보고 하는 소리다."라며 반대로 윽박질렀더니 "그 자녀하고 이 자녀는 다르자녀."라고 한다. 아무리 얘기를 해도 '자녀'를 쓸 녀석들이다.

"메뚜기든 방아깨비든 왜 내 이불 속에 넣은 거지? 내가 언제 메뚜기를 넣어달라고 부탁한 적 있었나?"

"아무두 안 넣었는디유."

"안 넣었는데 왜 내 이불 속에 있는 거지?"

"방아깨비는 따슨 데를 좋아허니께 아마 지 혼자 들어가셨을 거구먼유."

"말도 안 되는 소리 하지 말아라. 메뚜기가 혼자서 들어가시다니. 메뚜기가 혼자 들어가셔서야 쓰겠느냐? 자, 왜 이런 장난을 한 건지 말해보아라."

"뭘 말허려는 거여? 넣지도 않은 걸 어트케 설명허란 말이여?"

치사한 녀석들이다. 자기가 한 일을 자기가 했다고 말하지 못할 바에는 애초부터 하지 않는 편이 낫다. 증거라도 내놓지 않으면 언제까지고 시치미를 뗄 생각으로 뻔뻔스러운 자세를 취하고 있었다. 중학교에 다닐 때는 나도 조금은 장난을 쳤다. 하지만 누가 그랬냐고 물어왔을 때 뒤로 빼는 비겁한 짓만은 단 한 번도 하질 않았다. 한 것은 한 것이고 안 한 것은 안 한 것이다. 나 같은 사람들은 제 아무리 장난을 쳐도 결백한 것이다. 거짓말을 해서 벌을 피할 생각이었다면 처음부터 장난은 왜 치는가? 장난과 벌은 한 몸과 같은 것이다. 벌이 있기 때문에 장난도 기분 좋게 칠 수 있는 것이다. 장난만 치고 벌은 싫다니 이런 비열한 심보가 어디서 통할 거라고 생각하고 있는 건지? 돈은 빌리겠지만 돌려주기는 싫다는 짓은 모두 이런 녀석들이 졸업해서 하는 짓임에 틀림없을 것이다. 도대체 중학교에는 무엇 때문에 들어왔단 말인가? 학교에 들어와서

거짓말을 하고, 속임수를 쓰고, 뒤에 숨어서 남 몰래 건방진 장난이나 치다가 잘난 척 졸업하면 교육을 받은 것이라고 착각하고 있다. 더 이상 말이 필요 없는 오합지졸들이다.

나는 이런 썩어빠진 생각을 가지고 있는 녀석들과 더 이상 얘기를 했다가는 더욱 비위가 상할 것 같아서 "그렇게 말하지 않겠다면 더 이상 묻고 싶지도 않다. 중학교씩이나 들어와서 뭐가 품위 있는 행동인지도 구별하지 못하다니 정말 딱하다."라고 말하고 여섯 명을 돌려보냈다. 나의 말이나 겉모습도 그렇게 품위 있는 것은 아니지만 그래도 마음만은 이 녀석들 보다 훨씬 더 품위 있을 것이다. 여섯 명은 유유히 사라져갔다. 겉모습만은 교사인 나보다 훨씬 더 잘나 보인다. 하지만 실제로는 침착한 녀석일수록 더욱 좋지 않은 법이다. 내게 이 녀석들 같은 담력은 없다.

그런 다음 다시 잠자리에 들어가 누웠는데 조금 전의 소동으로 모기장 안에서 붕붕거리는 소리가 들렸다. 초롱불에 불을 붙여 한 마리씩 태워 죽이기가 귀찮아서 모기장 줄을 떼어내 길게 접은 다음 방 안에서 좌우 양옆으로 흔들었는데 고리가 날아와서 손등을 때려 눈물이 날 만큼 아팠다. 세 번째 잠자리에 들었을 때, 조금 차분해지기는 했지만 좀처럼 잠이 오질 않았다. 시계를 보니 10시 30분이었다. 생각할수록 귀찮기 짝이 없는 곳이었다. 어디를 가나 대체로 이런 녀석들을 상대해야 하다니 중학교 선생이란 불쌍하기 짝이 없는 직업이다. 선생이라는 자들이 끊이지 않고 나오는 게 신기할 정도였다. 아주 참을성이

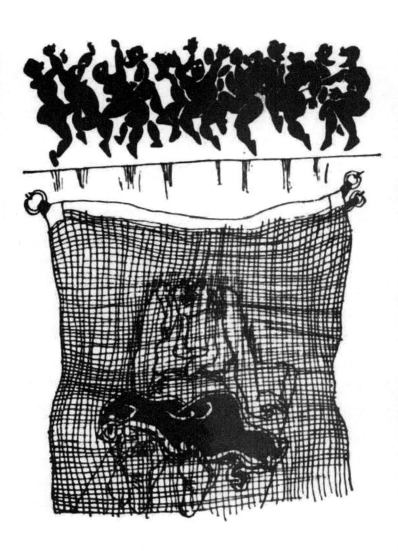

많은 벽창호들일 게다. 나는 도저히 참을 수가 없었다. 그러고 보면 기요는 대단한 사람이다. 교육도 받지 못했고 이렇다 할 신분도 없는 할머니지만 인간성만은 매우 존귀하다. 지금까지는 그렇게 보살핌을 받으면서도 특별히 고맙다는 생각은 하지 못했었는데, 이렇게 혼자 멀리 타향에 와서야 비로소 그 다정함을 느낄 수 있었다. 에치고의 사사아메가 먹고 싶다면 일부러라도 에치고까지 사러 가서 먹게 해주어도 그만큼의 가치는 충분히 있다. 기요는 나를 보고 욕심이 없고 올곧은 성품이라며 칭찬을 했지만 칭찬을 듣는 나보다도 칭찬을 하는 기요가 훨씬 더 훌륭한 인간이었다. 갑자기 기요가 보고 싶어졌다.

기요를 생각하면서 몸을 뒤척이고 있는데 갑자기 내 머리 위에서, 숫자로 말하자면 삼사십 명이나 될지, 이층이 내려앉을 정도로 「쿵, 쿵」하며 박자에 맞춰서 마룻바닥을 발로 구르는 소리가 들렸다. 그러더니 발소리에 맞춰서 커다란 함성소리가 일어났다. 나는 무슨 일이 벌어졌나 하고 놀라서 벌떡 일어났다. 일어남과 동시에 「아하, 조금 전에 있었던 일에 대한 복수로 학생들이 난리를 피우고 있는 거구나.」라는 생각이 들었다. 「너희들이 한 나쁜 짓은 잘못했다고 말하기 전에는 그 죄가 사라지지 않는 법이다. 너희들이 한 나쁜 짓은 너희들이 더 잘 알고 있을 것이다. 원래대로 하자면 자고 일어나서 후회가 되어 내일 아침에라도 사과를 하러 찾아오는 것이 도리다. 아니, 사과는 하지 않더라도 미안한 마음에서 조용히 잠이라도

자야 한다. 그런데 뭐냐, 이 소란은? 기숙사를 지어놓고 돼지를 기르고 있는 것도 아닐 테고. 미치광이 같은 짓도 이제 그만 적당히 해라. 어디 두고 보자.」라며 잠옷을 입은 채로 숙직실에서 뛰쳐나가 계단을 두 단씩, 이층까지 뛰어올랐다. 그러자 신기하게도 조금 전까지 머리 위에서 틀림없이 난리법석을 피우고 있었는데 갑자기 조용해져서 사람 목소리는커녕 발소리도 들리지 않았다. 이건 좀 이상하다. 램프는 이미 꺼졌기에 어두워서 어디에 누가 있는지 정확하게 알 수는 없었지만, 사람이 있는지 없는지는 모습만 봐도 알 수 있었다. 동쪽에서 서쪽으로 길게 뻗은 복도에는 쥐새끼 한 마리도 숨어 있지 않았다. 복도 끝으로 달빛이 스며들어 저 멀리 끝 쪽만 눈부시게 밝았다. 아무래도 이상하다. 나는 어렸을 때부터 꿈을 꾸는 버릇이 있어서, 자다 말고 벌떡 일어나 밑도 끝도 없이 잠꼬대를 해댔기에 사람들의 웃음거리가 되곤 하는 적이 종종 있었다. 열예닐곱 살 때는 다이아몬드를 주운 꿈을 꾸었는데, 갑자기 벌떡 일어나서 옆에 있던 형에게 「아까 그 다이아몬드 어쨌어?」라고 상당한 기세로 물은 적이 있었을 정도였다. 그때는 사흘 정도 집안의 웃음거리가 되어 커다란 창피를 당했었다. 「어쩌면 지금 것도 꿈일지 몰라. 하지만 틀림없이 난리를 피웠었는데.」라며 복도 한가운데서 생각에 잠겨 있는데 달빛이 비추고 있는 저쪽 끝에서 「하나, 둘, 셋. 와아.」하며 삼사십 명 정도 되는 사람들이 하나로 외치는 소리가 들리는가 싶더니 곧 아까처럼 일제히 박자에 맞춰서 마룻바닥을 발로 구르기 시작했다. 이것

봐. 꿈이 아니었다. 역시 사실이었다. 「조용히 해. 지금은 한밤중이야.」라며 나도 지지 않을 만큼 커다랗게 소리를 지르며 복도 끝을 향해서 뛰기 시작했다. 내가 지나는 곳은 어두웠다. 그저 저 끝에 보이는 달빛이 목표였다. 내가 뛰기 시작해서 2간23) 정도 지났을까? 복도 한가운데서 크고 딱딱한 것에 정강이를 부딪쳐서 「아, 아파라.」라는 것을 머리로 느끼는 동안 몸은 「쿵」하고 앞으로 나둥그러졌다. 「이런 제길.」하며 일어나 보았지만 뛸 수가 없었다. 마음은 급했지만 다리가 말을 듣지 않았다. 갑갑한 마음에 한쪽 발로 뛰어갔더니 벌써 발소리도, 사람 목소리도 들리지 않고 쥐 죽은 듯 고요했다. 제 아무리 사람이 비겁하다 해도 이렇게 비겁할 수는 없었다. 이건 돼지와 다를 바 없었다. 「이렇게 된 이상 숨어 있는 녀석들을 끌어내서 사과를 받아낼 때까지 물러서지 않겠다.」고 결심한 뒤, 방문 하나를 열어 안을 검사해야겠다고 생각했지만 문이 열리지 않았다. 자물쇠를 채웠는지, 책상 같은 것을 쌓아 막아놓았는지 밀어도 밀어도 꿈쩍하지 않았다. 이번에는 맞은편에 있는, 북쪽을 향한 방문을 열어보았다. 열리지 않기는 마찬가지였다. 내가 문을 열어서 안에 있는 녀석들을 끄집어내려고 기를 쓰고 있는 동안 이번에는 동쪽 끝에서 함성과 함께 박자에 맞춰서 발 구르는 소리가 들리기 시작했다. 「이 녀석들, 서로 짜고 동서에서 번갈아가면서 나를 바보로 만들 생각이구나.」라는 생각이 들었지만, 도대체 어떻게 해야 할지를 몰랐다. 솔직히 고백하자면 나는 용기에 비해서 지혜가 부족한 편이다. 이럴 때는 어떻게

해야 좋을지 전혀 감이 잡히지 않는다. 감은 잡히지 않지만 그래도 결코 질 수는 없었다. 이 대로 물러선다면 내 체면이 말이 아니다. 도쿄사람은 근성이 없다는 말을 들을 수는 없었다. 숙직을 서다가 코흘리개 아이들에게 골탕을 먹고 어찌할 바를 몰라서 하는 수 없이 분을 삭이며 잠자리에 들었다는 말을 듣는다면 그건 내 평생에 씻을 수 없는 불명예다. 이래봬도 근본은 무사다. 무사의 근본은 세이와 겐지[24]인데, 나는 다다노 만주[25]의 자손이다. 이런 깡촌 놈들하고는 근본부터가 다르다. 지혜가 조금 부족한 것이 그저 안타까울 뿐이다. 어떻게 해야 좋을지 몰라서 어려움을 겪고 있는 것일 뿐이다. 어렵다고 해서 질 수는 없다. 솔직하기 때문에 어떻게 해야 할지를 모른다. 이 세상에서 솔직함이 이기지 못한다면 그 외에 이길 것이 무엇이 있겠는지 한번 생각해보라. 오늘 밤 이기지 못한다면 내일 이기겠다. 내일 이기지 못한다면 모레 이기겠다. 모레 이기지 못한다면 하숙집에서 도시락을 받아서라도 이길 때까지 여기에 있겠다. 나는 이렇게 결심했기에 복도 한가운데 양반다리를 하고 앉아서 날이 밝기를 기다렸다. 모기가 붕붕 덤벼들었지만 신경 쓰지 않았다. 조금 전에 부딪쳤던 정강이를 쓰다듬어보니 뭔가 끈적끈적했다. 피가 나는 것이리라. 나려면 나라지. 그렇게 앉아 있자니 조금 전까지의 피로가 몰려와서 결국에는 깜빡 잠이 들고 말았다. 주위가 소란스러워서 눈을 떴을 때는 「이런, 큰일 났다.」는 생각이 들어 벌떡 일어났다. 내가 앉아 있던 곳의 오른쪽에 있던 문이 반쯤 열려 있고 학생이 두 명

내 앞에 서 있었다. 퍼뜩 정신을 차림과 동시에 내 코앞에 있던 학생의 다리를 안아 있는 힘껏 끌어당겼더니 그 녀석은 철퍼덕 하고 뒤로 나자빠졌다. 꼴좋다. 나머지 한 명이 잠시 주춤하는 틈을 타서 달려들어 어깨를 잡고 두세 번 흔들어댔더니 어안이 벙벙한 듯 눈을 끔뻑거렸다. 「자, 내 방으로 오너라.」라며 잡아당겼더니, 겁쟁이 녀석, 찍소리도 못하고 따라왔다. 날은 이미 밝은 지 오래였다.

내가 숙직실로 데려온 녀석을 다그치기 시작하자, 돼지는 어차피 돼지인지라 그저 「모르것는디유.」라고만 대답하기로 했는지 결코 자백하지 않았다. 시간이 흐르자 한 명, 두 명 차례차례 이층에서 숙직실로 모여들기 시작했다. 바라보니 모두 졸린 듯 눈이 부어 있었다. 나약하기 그지없는 녀석들이다. 하룻밤 자지 않았다고 저런 얼굴을 하고서 사내라고 말할 수 있겠는가? 「얼굴들이라도 씻고 와서 얘기하자.」고 말했지만 아무도 얼굴을 씻으러 가지 않았다.

내가 50여 명을 상대로 약 한 시간가량 입씨름을 하고 있자니 느닷없이 너구리가 나타났다. 나중에 들은 바에 의하면 사환이 「학교에 큰일이 났습니다.」라며 일부러 알리러 갔다는 것이었다. 이 정도 일 가지고 교장을 부르다니 너무나도 배짱이 없다. 그 모양이니 중학교 사환밖에 못 되는 것이리라.

교장은 대강 내 설명을 들었다. 학생들의 변명도 잠깐 들었다. 「나중에 처분이 있을 때까지는 평소와 다름없이 학교에 다니도록. 얼른 세수하고 아침을 먹지 않으면 지각을 할 테니 서둘러라.」라며 기숙생들을 모두 돌려보냈다. 미지근한 태도다. 나 같으면 그 자리에서 기숙생들을 전부 퇴학시켜버렸을 것이다. 이렇게 느슨하게 일을 처리하니까 학생들이 숙직 선생을 만만하게 보는 것이다. 그런 다음 나를 보고 「마음을 쓰느라 피곤했을 테니 오늘은 수업을 하지 않아도 돼요.」라고 말하기에 나는 "아닙니다. 조금도 걱정할 필요 없습니다. 이런 일이 매일 밤 일어난다 해도 목숨이 붙어 있는 한은 조금도 걱정할 필요가 없습니다. 수업은 하겠습니다. 하룻밤 못 잤다고 수업을 못 할 거라면 차라리 월급을 학교에 돌려드리겠습니다."라고 대답했다. 교장은 무슨 생각을 했는지 한동안 내 얼굴을 가만히 들여다보다가 「하지만 얼굴이 매우 부었어요.」라고 말해주었다. 그 말을 듣자 조금 무겁다는 생각이 들었다. 그리고 얼굴 전체가 가려웠다. 모기에게 엄청나게 뜯긴 모양이었다. 나는 얼굴을 벅벅 긁으면서 「제아무리 얼굴이 부었어도 입만은 제대로 놀릴 수 있으니 수업에는 지장이 없습니다.」라고 말했다. 교장은 웃으면서 「기운도 좋으시지.」라고 칭찬을 했다. 하지만 실제로는 칭찬을 한 것이 아니었으리라. 놀린 것이었으리라.

5

「낚시하러 가지 않으시겠습니까?」라고 빨강셔츠가 내게 물었다. 빨강셔츠는 기분 나쁠 정도로 나긋나긋한 목소리를 내는 사내였다. 남자인지 여자인지 도무지 알 수가 없었다. 남자라면 남자다운 목소리를 내야 하는 법이다. 게다가 대학 졸업생이 아닌가? 물리학교조차도 나 정도 소리를 내는데 이래서야 문학사 체면이 서겠는가?

내가 「글쎄요.」라고 별로 내키지 않는다는 듯이 대답을 하자 「낚시를 해본 적이 있습니까?」라며 무례한 질문을 했다. 별로 해본 적은 없지만 어렸을 때 고우메(小梅)의 유료 낚시터에서 붕어를 세 마리 낚은 적이 있었다. 그리고 가구라자카에 있는 비샤몬(毘沙門)에서 축제가 벌어졌을 때, 8치[26] 정도 되는 잉어가 바늘을 물기에 '옳다구나.' 싶었지만 똑 떨어져버렸다. 이건 지금 생각해도 아깝다고 말했더니 빨강셔츠는 턱을 앞으로 내밀면서 「호호호호」하고 웃었다. 그렇게 잘난 척하며 웃을 필요는 없지 않은가? "그럼 아직 손맛을 모르시겠네요. 원한다면 제가 전수해드리죠."라며 아주 자신 만만하게 말했다. 「누가 전수 받고 싶댔나? 대체로 낚시나 사냥을 하는 사람들은 모두 인정 없는 인간들이다. 인정 있는 사람들이 살생을 즐길 리가 없다. 물고기나 새들도 죽는 것보다는 살아 있는 것이 더욱

즐거울 것이다. 낚시나 사냥을 하지 않고서는 생계를 꾸려나갈 수 없다면 모르겠지만 뭐 하나 부족할 것 없이 살아가면서도 생물을 죽이지 않으면 잠을 못 자다니, 배부른 소리다._라는 생각이 들었지만 상대는 문학사로 달변일 테니 입으로는 이길 수 없을 것이라 생각하여 아무런 말도 하지 않았다. 그러자 이 선생이 나를 이겼는 줄 착각하고 「바로 전수해드리겠습니다. 괜찮으면 오늘 어때요? 함께 가보는 게. 요시카와(吉川)하고 단 둘이 가면 영 심심하니 함께 갑시다._하고 자꾸만 권했다. 요시카와란 미술선생으로 그 광대를 말하는 것이다. 이 광대는 무슨 심산인지 빨강셔츠네 집을 밤낮으로 드나들면서 어디든 따라다녔다. 도무지 같은 동료로는 보이지 않았다. 마치 주종관계 같았다. 빨강셔츠가 가는 곳이라면 광대도 반드시 가기 마련이니 이제 와서 새삼스레 놀랄 필요는 없었지만, 둘이서 가면 될 것을 왜 무뚝뚝한 내게 같이 가자고 하는 건지? 틀림없이 그 잘난 낚시 실력으로 자신이 고기 낚는 모습을 내게 자랑하려고 그러는 것이리라. 그런 모습을 부러워할 내가 아니다. 다랑어를 두어 마리 낚는다 해도 꿈쩍도 하지 않을 것이다. 나도 사람이다. 제 아무리 서툴다 하더라도 줄만 늘어뜨리고 있으면 무엇인가가 걸려들겠지. 여기서 내가 가지 않으면 저 빨강셔츠는 틀림없이 낚시가 싫어서 가지 않는 것이 아니라 서툴러서 가지 않는 것이라고 나쁜 쪽으로 생각할 것이다. 나는 이렇게 생각했기에 「갑시다._라고 대답했다. 학교를 마치고 일단 집으로 돌아와서 채비를 갖춘 다음, 정류장에서 빨강셔츠와 광대를

만나 해변으로 나갔다. 사공은 한 사람이었으며, 배는 좁고
긴 것으로 도쿄 부근에서는 본 적이 없는 모양을 하고 있었다.
아까부터 배 안을 살펴보았지만 낚싯대는 하나도 보이지 않았
다. 「낚싯대 없이도 낚시를 할 수 있나? 대체 어쩔 생각이냐?」고
광대에게 물었더니 「바다낚시를 할 때 낚싯대는 필요 없어요.
줄만 있으면 되죠.」라고 턱을 쓰다듬으며 전문가처럼 말했다.
이렇게 한마디 대꾸도 못할 줄 알았다면 차라리 입을 다물고
있을 걸 그랬다.

    사공은 천천히 노를 저었지만 숙련된 솜씨였기에 되돌아보니
어느 틈엔가 해변이 작게 보일 만큼 바다로 나와 있었다. 숲
위로 솟아오른 고하쿠지(高柏寺)의 오층탑이 바늘처럼 뾰족하
게 보였다. 건너편을 바라보니 푸른 섬이 물 위에 떠 있었다.
저건 사람이 살지 않는 섬이라고 한다. 자세히 들여다보니
돌과 소나무밖에 없었다. 그렇지, 돌과 소나무밖에 없으니 사람
이 살 수 없겠지. 빨강셔츠는 멀리 둘러보며 「경치 좋다.」를
연발했다. 광대는 「절경이네요.」라고 말했다. 절경인지 뭔지는
모르겠지만 기분이 상쾌한 것만은 틀림없었다. 널따란 바다
위에서 바닷바람을 쐬는 일은 즐거운 일이라는 생각이 들었다.
이상하게 배가 고파왔다. "저 소나무를 좀 보게. 줄기가 곧게
뻗어 있고 위가 우산처럼 벌어진 것이 터너27)의 그림에나
나올 법하네."라고 빨강셔츠가 말하자 광대는 "그야말로 터너
의 그림이네요. 저 절묘하게 꺾인 모습 좀 보세요. 영락없는
터너네요."라며 아는 척을 한다. 터너가 무엇을 말하는 것인지

알 수는 없었지만 묻지 않아도 별반 문제될 것이 없었기에 그냥 입을 다물고 있었다. 배는 섬을 끼고 오른쪽으로 빙글 돌았다. 파도는 조금도 일지 않았다. 바다라고는 생각할 수 없을 정도로 평화로웠다. 빨강셔츠 덕분에 아주 상쾌한 기분을 맛보고 있었다. 가능하다면 저 섬에 올라보고 싶다는 생각이 들어서 「저 바위 있는 데 배를 댈 수 없습니까?」라고 물어보았다. 「못 댈 건 없지만 기슭에 너무 가까우면 낚시하기가 좋지 않아요.」라고 빨강셔츠가 이의를 제기했다. 나는 아무 말도 하지 않았다. 그러자 광대가 「어떻습니까? 교감선생님. 지금부터 저 섬을 터너 섬이라고 부르는 게?」라고 영양가 없는 의견을 제시했다. 빨강셔츠는 「그거 재밌는데요. 우리 앞으로는 그렇게 부릅시다.」라며 찬성을 했다. 그 우리들 속에 나도 들어가야 한다면, 사양하겠다. 내게는 그저 푸른 섬이면 충분하다. 「저 바위 위에 라파엘로의 마돈나28)를 갖다놓으면 어떨까요? 아주 보기 좋을 거예요.」라고 광대가 말하자 「마돈나 얘기는 그만두게나. 호호호호.」라며 빨강셔츠가 기분 나쁜 소리로 웃었다. 「어때요, 아무도 없는데.」라고 말하며 나를 힐끗 쳐다보더니 일부러 얼굴을 돌려서 빙글빙글 웃음을 지었다. 나는 왠지 기분이 나빠졌다. 마돈나든 우돈나든 내 알 바 아니니 지들 마음대로 추켜세우면 그만일 것을 내가 알지 못하는 얘기를 해놓고서는 「모르면 물어봐도 좋습니다.」라는 표정을 짓고 있다. 비천한 행동이다. 그러면서 자기도 도쿄사람이라고 말하고 다닌다. 마돈나란 틀림없이 빨강셔츠가 아끼는 기생의 별명일 것이라는 생각이 들었다. 아끼는 기생을 무인도의 소나무 밑에 세워두고 바라보다니 어처구니없는 짓이다. 그것을 광대가 유화로 그려서 전시회에라도 출품하면 좋을 것이다.

「이쯤이 좋겄네유.」라며 사공이 배를 세우고 닻을 내렸다. 「몇 길29) 정도 되는가?」라고 빨강셔츠가 묻자 여섯 길 정도라고 말했다. 「여섯 길 정도라면 도미는 힘들겠군.」이라고 말하며 빨강셔츠는 줄을 바다로 던져 넣었다. 대장 도미라도 잡을 생각인가보다. 참 통도 크다. 광대는 「무슨 말씀이세요, 교감선생님 솜씨라면 잡고도 남지요. 더군다나 여름이잖습니까?」라고 아첨을 하며 자신도 줄을 꺼내 바다 속으로 집어넣었다. 끝에 추 같은 납덩어리만이 달려 있을 뿐이었다. 찌가 없었다. 찌 없이 낚시를 한다는 것은 온도계 없이 온도를 재는 것과 마찬가지 아닌가? 「자, 선생님도 해보세요, 줄은 있나요?」라고 물었다. 「줄은 얼마든지 있지만 찌가 없어요.」라고 말했더니 「찌가 없다고 낚시를 못한다면 그건 풋내기지요. 이렇게요. 줄이 바닥에 닿으면 뱃전에서 검지로 움직임을 보는 거예요. 물면 손에 느낌이 와요. 엇, 왔다.」라며 급히 줄을 감아올리기에 뭐가 걸렸나 싶어서 봤더니 아무 것도 걸리지 않았다. 미끼만 없어졌을 뿐이었다. 속이 다 시원했다. 「교감선생님. 정말 아깝네요, 그놈 틀림없이 월척이었을 겁니다. 선생님 솜씨로도 놓친 걸 보면 오늘은 정신 차려야겠는 걸요. 허지만 놓쳐도 상관은 없지요. 찌하고 눈싸움이나 하는 사람들보다는 백 번 나을 테니. 그런 사람들은 브레이크가 없다고 자전거를 못 타는 사람이나 진배없죠.」라며 광대는 알 수 없는 말만 했다. 두들겨 패주고 싶어서 견딜 수가 없었다. 나도 사람이다. 교감 혼자서 전세를 낸 바다도 아니고. 넓은 곳이다. 「눈먼 가다랑어 한 마리라도 건질 수 있을 거야.」라고 생각하며 텀벙 추와 줄을 던져 넣고 검지로 적당히 움직임을 살폈다.

얼마 지나지 않아서 뭔가 꿈틀꿈틀 줄을 건드리는 것이 있었다. 나는 생각했다. 「이건 틀림없이 물고기다. 살아 있는 녀석이 아니고서는 이렇게 꿈틀댈 리가 없다. 만세. 잡았다.」라며 잽싸게 감아 올렸다. 「어이구, 잡으셨군요. 청출어람이라더니.」라며 광대가 놀리는 동안 줄을 거의 다 감아 올려서 이제는 5자 정도밖에 물에 잠겨 있지 않았다. 뱃전에서 내려다보니 금붕어 처럼 줄무늬가 있는 물고기가 줄 끝을 물고 좌우로 헤엄치며 손의 움직임에 따라서 떠오르고 있었다. 재미있다. 수면 위로 끌어올릴 때, 펄쩍 뛰어올랐기에 나는 얼굴에 바닷물을 뒤집어 쓰고 말았다. 간신히 잡아서 바늘을 빼내려고 했지만 좀처럼 빠지질 않았다. 잡고 있는 손이 미끌미끌했다. 영 비위가 상했다. 귀찮아져서 줄을 휘둘러 뱃바닥에 내팽개쳤더니 바로 죽어버렸다. 빨강셔츠와 광대가 깜짝 놀라 쳐다보았다. 나는 바닷물로 손을 벅벅 씻고는 코끝에 대보았다. 아직도 비렸다. 이제 넌덜머리가 났다. 무엇이 물든 물고기는 만지고 싶지 않았다. 물고기도 사람이 만지기를 바라지는 않을 것이다. 서둘러 줄을 감아버렸다.

「개시를 하시느라 수고는 하셨지만 그게 고르키[30]라니, 참.」

이라고 광대가 건방진 소리를 하자, 「고르키라니 러시아 문학자 이름과 비슷허구먼.」이라며 빨강셔츠가 맞받아쳤다. 「그러네요. 러시아 문학자 같네요.」라며 광대가 바로 아첨을 했다. 고르키는 러시아 문학자이고, 마루키(丸木)는 사진작가이고, 고메나루키31)는 생명의 근원이겠지. 이건 빨강셔츠의 나쁜 버릇이다. 누구 앞에서나 꼬부랑말로 된 외국 사람의 이름을 대고 싶어 했다. 사람들에게는 저마다 전문분야가 있기 마련이다. 나 같은 수학교사가 고르킨지 고로켄지 알게 뭐란 말인가? 조금은 상황을 살펴야 하는 것 아니겠는가? 말을 하고 싶다면 프랭클린 자서전이나 푸싱 투 더 프론트32)처럼 나도 알고 있는 사람의 이름을 대면 될 것 아닌가? 빨강셔츠는 종종 제국문학인지 뭔지 하는 새빨간 잡지를 학교에 들고 와서 소중하게 읽곤 했다. 고슴도치의 말에 의하면 빨강셔츠가 말하는 외국 사람들의 이름은 전부 그 잡지에 나오는 것이라고 한다. 망할놈의 제국문학.

그 후, 빨강셔츠와 광대는 열심히 낚시를 했는데 약 한 시간 동안에 둘이서 열대여섯 마리를 낚았다. 우습게도 낚는 족족 전부 고르키였다. 도미는 약에 쓰려 해도 찾아볼 수가 없었다. 「오늘은 러시아 문학의 날이로구먼.」이라고 빨강셔츠가 광대에게 말했다. 「선생님 실력으로도 고르키를 낚으니 나 같은 것이 고르키를 낚는다 해도 이상할 건 하나도 없죠. 오히려 당연한 일입니다.」라고 광대가 대답했다. 사공에게 물어보니 이 잡어(雜魚)는 가시가 많고 맛이 없어서 못 먹는다는 것이었다.

단, 거름으로는 쓸 수 있다는 것이었다. 빨강셔츠와 광대는 열심히 거름을 잡아 올리고 있었던 것이다. 가엾기 짝이 없다. 나는 한 마리를 잡고는 그만 싫증이 났기에 배에 누워서 아까부터 하늘을 바라보고 있었다. 낚시를 하기보다는 이렇게 누워 있는 편이 훨씬 더 운치가 있었다.

그러자 두 사람이 작은 목소리로 무엇인가 소곤거리기 시작했다. 잘 들리지 않았고 또 듣고 싶지도 않았다. 나는 하늘을 바라보면서 기요를 생각했다. 돈이 있어서 기요와 함께 이렇게 아름다운 곳에 놀러올 수만 있다면 아주 기분이 좋을 것이다. 제 아무리 경치가 좋다 하더라도 광대 같은 녀석과 함께 오면 별로 흥이 나지 않는다. 기요는 주름투성이 할머니지만 어디를 데리고 다녀도 부끄러운 생각은 들지 않는다. 광대 같은 녀석은 마차를 타든, 배를 타든, 료운카쿠33)에 오르든 절대로 같이 있고 싶지가 않다. 내가 교감이고 빨강셔츠가 나라면, 촐싹거리며 내게는 칭찬을 하고 빨강셔츠는 약을 올릴 것임에 틀림없었다. 도쿄사람들은 경박하다고들 말하는데, 과연 이런 녀석이 「나는 도쿄사람입니다.」라고 떠들며 시골을 돌아다닌다면 경박한 것은 도쿄사람이고, 도쿄사람은 경박하다고 시골 사람들이 믿을 것임에 틀림없었다. 이런 생각을 하고 있는데 두 사람이 킥킥거리며 웃기 시작했다. 웃음 중간 중간에 무슨 말을 하긴 하는데 띄엄띄엄 들려서 무슨 말인지 알 수가 없었다. "어? 어쩐지…….", "…… 그러게 말입니다. …… 모르니 …… 죄지요.", "설마…….", "메뚜기를 …… 정말이에요."

다른 말에는 귀를 기울이지 않았지만 메뚜기라는 광대의 말을 듣는 순간 나도 모르게 험악한 표정을 지었다. 광대는 무슨 생각에서인지 메뚜기라는 말에 한층 힘을 주어 명료하게, 마치 나더러 들으라는 것처럼 말하고는 나머지 말은 일부러 조그맣게 했다. 나는 가만히 그들의 말을 들었다. "역시 홋타가…….", "그럴지도 모르겠군. …….", "튀김……. 하하하하하.", "…… 선동해서 ……", "떡꼬치도?"

이렇게 드문드문 들려오긴 했지만 메뚜기나 튀김, 떡꼬치라는 말들로 미루어보아 틀림없이 나에 대해서 속닥거리고 있는 것 같았다. 이야기를 하려면 좀 더 큰소리로 하면 될 것 아니겠는가? 또 그렇게 속닥거릴 거면 무엇 때문에 나를 불렀는가? 도대체가 정이 가지 않는 녀석들이다. 메뚜기든 꼴뚜기든 내게는 아무런 잘못도 없다. 교장이 우선은 「내게 맡겨두게나.」라고 말했기에 너구리의 체면을 생각해서 지금은 그냥 참고 있는 것이다. 광대 주제에 쓸데없는 참견을 하고 있다. 그림붓이나 물고 들어앉았을 것이지. 내 일은 언제가 됐든 내가 알아서 처리할 테니 상관은 없지만 '역시 홋타가'라거나, '선동해서'라는 등의 말이 마음에 걸렸다. 홋타가 나를 선동해서 일을 크게 만들었다는 의미인지, 혹은 홋타가 학생들을 선동해서 나를 괴롭히고 있다는 것인지 갈피를 잡을 수가 없었다. 푸른 하늘을 올려다보니 햇빛이 점점 약해지기 시작했으며 조금은 시원한 바람이 불어오기 시작했다. 향의 연기와도 같은 구름이 맑은 하늘 위를 조용히 퍼져나간다 싶었는데 어느 사이엔가 하늘 저 끝까지 흘러가서 옅은 안개가 깔린 것처럼 보였다.

「그만 돌아갈까?」라고 빨강셔츠가 문득 정신을 차린 듯 이야기하자 「네. 마침 돌아갈 시간이네요. 오늘밤 마돈나 아씨를 만나러 가십니까?」라며 광대가 말했다. 빨강셔츠는 「쓸데없는 소리 말게. 오해하겠네.」라고 말하며 뱃전에 기대고 있던 몸을 조금 일으켜 세웠다. 「에헤헤헤헤. 괜찮습니다. 들어도……」라며 광대가 뒤를 돌아보았을 때, 나는 눈을 부릅뜨고 도끼 같은 시선을 광대의 머리통 위로 날렸다. 광대는 눈이 부시다는 듯 되돌아보면서 「아, 정말 덥구먼」하며 고개를 움츠리고 머리를 긁었다. 교활하기 이루 말할 수 없는 놈이었다.

배는 잔잔한 바다를 저어 기슭으로 되돌아가기 시작했다. 「선생님은 낚시를 별로 안 좋아하시는 것 같네요.」라고 빨강셔츠가 말하기에 「네, 누워서 하늘을 보는 게 더 좋네요.」라고 대답하고 막 피워 물었던 담배를 바다 속으로 집어던졌더니 「슉」하는 소리를 내고 노를 젓느라 생긴 파문 위로 둥둥 흔들리며 떠내려갔다. "선생님이 와줘서 학생들도 아주 기뻐하고 있으니 최선을 다해주시기 바랍니다."라며 이번에는 낚시와 전혀 상관없는 이야기를 하기 시작했다. "별로 기뻐하지 않을 겁니다.", "아니, 그냥 하는 소리가 아니에요. 매우 기뻐하고 있어요. 그렇지, 요시카와?", 광대는 "기뻐하는 정도가 아닙니다. 아주 난리라니까요."라고 말하며 빙글빙글 웃었다. 이 녀석이 하는 말은 한마디, 한마디가 화를 돋우니 참으로 알 수 없는 일이었다. "하지만, 자네 조심하지 않으면 큰일 날 걸세."라고 빨강셔츠가 말하기에 "벌써 위험한 걸요. 이렇게 된 이상 위험은 각오하고 있습니다."라고 말했다. 실제로 나는 내가 면직을 당하든지, 아니면 기숙생들에게 끝까지 사과를 받아내든지 양단간에 결판을 낼 참이었다. "그렇게 말한다면 내 할 말은 없지만, 사실은 나도 교감으로서 선생님을 위해서 하는 말이니 너무 나쁘게만 듣지는 마세요.", "교감선생님은 선생님에게 커다란 호의를 가지고 계세요. 나도 보잘것없기는 하지만 같은 도쿄사람으로서 가능한 한 오래 우리 학교에 머물러주시기를 바라기 때문에 서로에게 힘이 되려고 남모르게 최선을 다하고 있답니다."라며 광대가 마치 인간처럼 말을 했다. 광대의 도움을 받으니 차라리 목을 매달아 죽어버리는 게 낫지.

"그래서 하는 말인데, 학생들은 선생님이 온 것을 아주 기뻐하고 있지만 거기에는 여러 가지 사정이 있어서 말이죠. 선생님도 화가 나는 일도 있겠지만 조금만 더 참자고 생각하고 잘 견뎌주시기 바랍니다. 결코 선생님에게 해가 되는 일은 하지 않을 테니."

"여러 가지 사정이라니 무슨 사정입니까?"

"그게 좀 복잡한 문제라서. 뭐, 차차 알게 될 겁니다. 내가 얘기하지 않아도 자연스레 알게 될 거예요. 안 그런가? 요시카와."

"네. 여간 복잡한 게 아니죠. 하루아침에 알 수 있는 문제가 아닙니다. 하지만 차차 알게 될 겁니다. 내가 얘기하지 않아도 자연스레 알게 될 겁니다."라며 광대가 빨강셔츠와 같은 말을 했다.

"그렇게 복잡한 사정이라면 듣지 않아도 상관은 없지만 선생님께서 먼저 말씀을 꺼내셨으니 한번 들어보도록 하겠습니다."

"그도 맞는 말이네요. 내가 먼저 말을 꺼내놓고 끝을 맺지 않는다면 이는 무책임한 행동이죠. 그럼 이것만은 말해두죠. 미안한 말이지만 선생님은 이제 막 학교를 졸업했고 처음으로 교직생활을 경험하는 거예요. 그런데 학교라는 곳은 여러 가지 사정이 얽혀 있는 곳이라서 그렇게 학생 때처럼 단순하게 돌아가지만은 않아요."

"단순하게 돌아가지 않는다면 어떻게 돌아간다는 겁니까?"

"그렇게 솔직하니까 아직도 경험이 없다고 하는 거예요."

"어차피 경험은 부족한 편입니다. 이력서에도 적었듯이 23년 4개월밖에 살지 않았으니까."

"바로 그렇기 때문에 생각지도 못한 일에 말려들지도 모른다는 거예요."

"정직하기만 하다면 누구에게 말려들든 겁날 게 없습니다."

"물론 겁날 건 없지. 겁날 건 없지만 말려든단 말이에요. 실제로 선생님의 전임자가 당한 적이 있기 때문에 조심하라고 말하는 거예요."

광대가 너무 조용하다 싶어서 문득 뒤를 돌아보니 어느 틈엔가 배의 뒷전으로 가서 사공과 낚시에 대한 이야기를 나누고 있었다. 광대가 없었기에 얘기하기가 아주 편해졌다.

"제 전임자가 누구에게 말려들었단 말입니까?"

"그 사람의 명예에 관련되는 일이니 누구라고는 말할 수 없지요. 그리고 아직 확실한 증거도 없으니 말을 하면 내가 실수를 저지르게 되는 거고. 어쨌든 선생님께서 일부러 여기까지 와주셨는데 여기서 실수를 한다면 우리들도 선생님을 부른 보람이 없어지지 않겠습니까? 부디 조심해주시기 바랍니다."

　"조심하라고 하셔도 지금보다 더 조심할 수는 없습니다. 나쁜 짓을 하지 않으면 되는 거 아니겠습니까?"

　빨강셔츠는 「호호호호」 하고 웃었다. 나는 그렇게 우스운 얘기를 한 기억은 없었다. 오늘 바로 지금에 이르기까지 나는 이것이면 충분하다고 굳게 믿어왔다. 생각해보면 세상 대부분의 사람들이 나쁜 일만을 장려하고 있다는 생각이 든다. 나쁜 짓을 하지 않으면 사회에서 성공할 수 없다고 믿고 있는 듯했다. 가끔 정직하고 순수한 사람을 보면 「세상물정 모르는 사람이다. 풋내기다.」라고 트집을 잡으며 경멸한다. 그렇다면 초등학교나 중학교에서 도덕선생님이 「거짓말을 하지 마라. 정직하게 살아라.」라고 가르치지 않는 편이 나을 것이다. 차라리 학교에서 거짓말하는 법이나 사람을 믿지 않는 기술, 사람을 이용하는 술책 등을 가르치는 편이 세상을 위해서도 학생들을 위해서도 도움이 될 것이다. 빨강셔츠가 「호호호호」 하고 웃은 것은 나의 단순함을 비웃은 것이다. 단순함이나 진솔함이 조롱거리가 되는 세상이라면 더 이상 어쩔 도리가 없다. 이럴 때 기요는 단 한 번도 웃은 적이 없었다. 아주 감탄하며 이야기를 들었다. 빨강셔츠보다도 기요가 훨씬 더 낫다.

"물론 나쁜 짓을 하지 않으면 되기는 하지만 자기 혼자 나쁜 짓을 하지 않는다 하더라도 남의 나쁜 점을 알지 못한다면 큰일을 당하게 될 거예요. 세상에는 대범해 보여도, 시원시원해 보여도, 친절하게 하숙을 알아봐 주어도 좀처럼 방심할 수 없는 사람이 있으니까……. 꽤 쌀쌀해졌는데요, 이봐, 요시카와. 저 해변 풍경은 어떤가?"라고 큰소리로 광대를 불렀다. 「과연 절경입니다. 시간만 있다면 스케치를 하겠는데, 정말 안타깝습니다. 이대로 가야 하다니.」라고 광대는 수선을 떨며 맞장구를 쳤다.

미나토야의 이층에 불이 하나 들어오고 기차의 기적소리가 뿌우 하고 울릴 때, 우리들이 타고 있던 배는 해변의 모래에 철퍼덕 뱃머리를 처박고 더 이상 움직이지 못하게 되었다. 「어서 오세요.」라며 여주인이 해변에 서서 빨강셔츠에게 인사를 했다. 나는 뱃전에서 「영차」 소리를 내며 해변으로 뛰어내렸다.

6

광대는 정말 싫다. 이런 녀석은 맷돌을 매달아 바다로 던져버리는 게 나라를 위하는 일이다. 빨강셔츠는 목소리가 마음에 들지 않았다. 그건 타고난 목소리를 잘난 척하느라고 일부러 그렇게 부드럽게 내려고 하는 것일 게다. 제 아무리 잘난 척해봐야 그 얼굴로는 어렵다. 반하는 사람이 있다면 마돈나 정도일 것이다. 하지만 교감인 만큼 광대보다는 어려운 말을 한다. 집에 돌아와서 그 녀석의 말을 생각해보니 일단 일리 있는 말인 것 같기는 했다. 명확하게는 말하지 않았기 때문에 정확히는 모르겠지만 아무래도 고슴도치는 좋지 않은 녀석이니 조심하라는 말인 것 같았다. 그렇다면 그렇다고 확실하게 말하면 될 것 아닌가? 사내답지 못하다. 그리고 그렇게 나쁜 선생이라면 단칼에 내쫓으면 될 것 아니겠는가? 문학사인 주제에 교감은 배짱도 없는 사람이다. 험담을 하면서조차 떳떳하게 이름을 밝히지 못할 정도이니 겁쟁이 사내임에 틀림없으리라. 겁쟁이들은 친절한 법이니 저 빨강셔츠도 계집애처럼 친절한 녀석일 것이다. 친절은 친절이고 목소리는 목소리니, 목소리가 마음에 들지 않는다 하더라도 친절을 무시할 수는 없다. 어쨌든 세상은 참 알 수 없는 곳이다. 마음에 들지 않는 녀석이 친절을 베풀고 마음이 맞는 친구가 나쁜 놈이었다니, 사람을 어떻게 보는 건지? 촌구석이니 모든 일이 도쿄와는 반대로 흘러가는 것이리라. 시끄러운 곳이다. 지금이라도 불이 얼어붙고, 돌이 두부로 변할지도 모른다. 하지만 고슴도치가 학생들을 선동하다니, 장난을 칠 것 같지는 않은데. 가장 인망이 높은 교사라고 하니 마음만 먹으면 못할 것도 없겠지만 그렇게 에둘러서 할 것 없이 직접 나를 붙들고 싸움을 걸어오면 수고를 덜 수 있지 않겠는가? 내가 방해가 된다면 사실은 이러이러해서 방해가 되니 사표를 써달라고 말하면 되지 않겠는가? 일은 이야기를 나눔으로 해서 어떻게든 해결되는 법이다. 고슴도치의 말이 옳다면 내일이라도 당장 사표를 내주겠다. 여기 아니면 먹고살 데가 없는 것도 아닐 테고, 세상 어디엘 가도 객사하지는 않을 것이다. 고슴도치도 더 이상 말이 필요 없는 녀석이다.

여기에 왔을 때 가장 먼저 얼음물을 사준 것이 고슴도치였다. 그렇게 겉과 속이 다른 녀석에게 비록 얼음물이기는 하지만 그런 걸 얻어먹었다니 이건 내 체면 문제였다. 나는 딱 한 잔밖에 마시지 않았으니 1센 5린[34]밖에 빚을 지지 않은 셈이다. 하지만 1센이 됐든, 5린이 됐든 사기꾼에게 은혜를 입고서는 죽을 때까지 마음이 편하지 않을 것이다. 내일 학교에 가면 1센 5린을 돌려주자. 나는 기요에게 3엔을 빌렸다. 그 3엔은 5년이 지난 지금까지도 아직 갚지 않았다. 못 갚는 것이 아니다. 안 갚는 것이다. 기요도 언제 갚으려나 하며 내 속주머니 형편을 살피는 짓은 절대로 하지 않을 것이다. 나도 바로 갚겠다며 타인처럼 의리를 앞세우지는 않을 생각이다. 내가 그런 생각을 갖는다면 그것은 기요의 마음을 의심하는 것으로 기요의 아름다운 마음에 상처를 내는 것과 같은 짓이다. 갚지 않는 것은 기요를 무시해서가 아니다. 기요를 내 일부분이라고 생각하고 있기 때문이다. 기요와 고슴도치는 원래부터 비교가 안 되지만, 그것이 얼음물이 됐든 차가 됐든 은혜를 입고서도 가만히 있었던 것은 상대를 하나의 인간으로 보고 그 인간에 대해 후의를 베풀려고 했기 때문이다. 내가 먹은 만큼 내가 돈을 내면 그것으로 모든 것이 끝날 것을, 마음속으로 고맙다고 생각하는 것은 돈으로는 살 수 없는 답례인 셈이다. 보잘것없기는 하지만 그래도 한 사람의 독립된 인간이다. 하나의 독립된 인간이 머리를 숙이는 것은 백만 냥보다 존귀한 인사라는 사실을 잊어서는 안 된다.

그 일도 고슴도치에게 1센 5린을 내게 하고 백만 냥보다 더 비싼 답례를 한 것이라고 나는 생각했다. 고슴도치는 당연히 감사해야 한다. 그런데도 뒷구멍으로 비겁한 짓을 하다니 천하에 몹쓸 놈이다. 내일 가서 1센 5린을 갚아버리면 모든 관계가 청산된다. 그런 다음에 한판 붙어버리자.

여기까지 생각하자 졸음이 쏟아져서 쿨쿨 잠을 자버렸다. 다음 날에는 생각해둔 일이 있었기에 평소보다 빨리 학교로 나가서 고슴도치를 기다렸다. 그런데 좀처럼 나타나질 않았다. 마른 호박이 출근했다. 한문선생이 출근했다. 광대가 출근했다. 심지어는 빨강셔츠까지 출근을 했는데 고슴도치의 책상 위는 백묵이 하나 길게 누워 있을 뿐 한산한 모습이었다. 나는 교무실

에 들어가자마자 갚을 심산으로 집에서 나올 때부터 목욕탕에
갈 때처럼 손바닥에 1센 5린을 쥐고 학교까지 왔다. 나는 땀을
많이 흘리는 편이었기에 손을 펼쳐보니 1센 5린이 땀에 젖어
있었다. 땀을 흘리고 있는 돈으로 갚으면 고슴도치가 불평을
할 것이라고 생각했기에 책상 위에 올려놓고 「후, 후」 불었다가
다시 쥐었다. 그러고 있는데 빨강셔츠가 와서 「어제는 실례,
고생 많았죠?」라고 하기에 「고생은 무슨 고생, 덕분에 배는
고팠지만요.」라고 대답했다. 그러자 빨강셔츠가 팔꿈치로 고슴
도치의 책상을 짚으며 그 펑퍼짐한 얼굴을 내 코 옆으로 바싹
가져다 대기에 무엇을 하려나 했더니 「어제 돌아오는 뱃속에서
했던 얘기는 비밀로 해두세요. 아직 아무에게도 말하지 않았지
요?」한다. 여자 같은 목소리를 내는 사람인만큼 걱정도 많은
사람인 듯했다. 틀림없이 아무에게도 말은 하지 않았다. 하지만
지금부터 이야기하려고 마음을 먹고 이미 1센 5린을 손바닥에
준비해두었을 정도이니 여기서 빨강셔츠에게 제지를 당하면
조금 난처해진다. 빨강셔츠도 빨강셔츠다. 고슴도치라고 이름
을 꼬집어서 말하지는 않았지만 그렇게 쉽게 풀 수 있는 수수께
끼를 던져놓고 이제 와서 그 수수께끼를 풀면 안 된다니 교감답
지 못한 무책임한 행동이다. 원래대로 하자면 내가 고슴도치와
전쟁을 시작해서 격렬하게 치고받고 하고 있을 때 나와서 당당
하게 내 편을 들어주어야 한다. 그래야만 한 학교의 교감으로서,
그리고 빨간 셔츠를 입고 다니는 사상도 위신이 설 게 아닌가?

　교감에게, 아직 아무에게도 말은 하지 않았지만 지금부터

고슴도치와 담판을 지을 생각이라고 내가 말했더니 빨강셔츠는 아주 깜짝 놀라며 「선생님 그런 무모한 짓을 해서는 안 돼요. 나는 선생님에게 훗타 선생님에 대해서 무엇 하나 명확하게 말한 것이 없어요. 만약 선생님이 여기서 난동을 피우면 내가 아주 난처해져요. 선생님 설마 학교에 소동을 일으키러 온 건 아니겠지요?」라며 질문 같지도 않은 질문을 하기에 「당연하지요. 월급을 받고 있는데 소동을 일으키면 학교에도 폐를 끼치는 거지요.」라고 말했다. 그러자 빨강셔츠가 「그럼 어제 한 말은 그냥 그렇게만 알아두고 입 밖에는 내지 말아요」라고 땀을 흘리며 부탁하기에 「알겠습니다. 내가 조금 난처해지기는 하겠지만 선생님이 그렇게 난처하다면 그만두도록 하겠습니다.」라고 승낙을 했다. 「선생님, 정말이지요?」라며 빨강셔츠는 다시 한 번 확인을 했다. 얼마나 더 계집애처럼 굴 건지 끝을 알 수가 없었다. 문학사라는 게 전부 저런 사람들뿐이라면 그보다 더 하찮은 것도 없다. 앞뒤가 맞지도 않는 논리로 부탁을 하면서도 아무렇지도 않다는 표정이다. 게다가 나를 의심까지 한다. 어쨌든 나도 남자다. 한번 승낙한 일을 뒤돌아서서 뒤엎는 치사한 짓은 하지 않는다.

드디어 양옆에 있는 책상의 주인들도 출근을 했기에 빨강셔츠는 서둘러 자기 자리로 돌아갔다. 빨강셔츠는 걸음걸이에서부터 잘난 척이다. 실내를 왔다 갔다 할 때도 소리가 나지 않도록 신의 밑바닥을 살살 내려놓는다. 소리를 내지 않고 걷는 것이 자랑이 된다는 사실을 이때 처음으로 알았다. 도둑질

연습을 하는 것도 아니고 그냥 편하게 하면 될 일이다. 드디어 수업을 알리는 나팔소리가 들려왔다. 결국 고슴도치는 나타나 질 않았다. 하는 수 없이 1센 5린을 책상 위에 올려놓고 교실로 갔다.

수업이 길어져서 첫 번째 시간에는 조금 늦게 교무실로 돌아 왔더니 다른 교사들은 모두 책상에 앉아서 이야기를 하고 있었 다. 고슴도치도 어느 틈엔가 와 있었다. 결근할 줄 알았더니 지각을 했다. 내 얼굴을 보자마자 「오늘은 자네 덕분에 지각을 했어. 벌금을 내.」라고 말했다. 내가 책상 위에 있던 1센 5린을 집어다 「이걸 줄 테니 받아. 전에 큰길에서 먹었던 얼음물 값이야.」라며 고슴도치 앞에 놓았더니 「무슨 소리하는 거야?」 라며 웃음을 터트렸지만, 내가 의외로 진지한 표정을 짓고 있었기에 「쓸데없는 농담 하지 마.」라며 돈을 내 책상 위로 쓸어다 놓았다. 이런, 고슴도치 주제에 끝까지 은혜를 베푸시겠 다.

"농담이 아니야. 진심이라고. 내가 자네에게 얼음물을 얻어먹 을 이유가 없기에 돈을 주는 걸세. 받지 않을 이유가 없질 않은가?"

"1센 5린이 그렇게 마음에 걸린다면 받아두겠네만, 왜 이제 와서 그걸 갚겠다는 거지?"

"이제 와서든 저제 와서든 갚아야겠어. 언어먹는 게 싫어서 갚아야겠어."

고슴도치는 차갑게 내 얼굴을 바라보더니 「흥」이라고 말했

다. 빨강셔츠가 부탁만 하지 않았어도 이 자리에서 고슴도치의 비열함을 폭로하고 대판 싸움을 할 생각이었지만 입 밖에 내지 않겠다고 약속을 했기 때문에 그럴 수가 없었다. 사람이 이렇게 시뻘겋게 달아올랐는데 「흥」은 또 뭐야.

"얼음물 값은 받아둘 테니 하숙집 방을 빼주게."

"1센 5린 받았으면 그것으로 됐네. 방을 빼든지 말든지 그건 내 마음일세."

"자네 마음대로는 안 되겠네. 어제 하숙집 주인이 찾아와서 자네가 나가줬으면 좋겠다고 하기에 그 이유를 물어봤더니 주인 말이 백 번 옳더군 그래도 일단 다시 한 번 확인을 해보려고 오늘 아침 하숙집에 들러서 자세한 이야기를 듣고 왔다네."

나는 고슴도치가 하는 말이 무슨 뜻인지 알 수가 없었다.

"주인이 자네에게 무슨 말을 했는지 내가 알게 뭔가? 그렇게 혼자 다 아는 척해봐야 소용없는 일 아닌가? 이유가 있다면 이유를 이야기하는 것이 순서지. 덮어놓고 주인의 말이 옳다니, 그런 무례하기 짝이 없는 말이 어디 있나?"

"그래, 그렇다면 말하지. 자네가 너무 난폭해서 그 하숙집에서 골머리를 썩고 있다네. 아무리 하숙집 안사람이라고 하지만 하녀와는 다르네. 발을 내밀고 닦으라고 하다니, 너무 잘난 척하는 거 아닌가?"

"내가 언제 하숙집 안주인한테 발을 닦으라고 했다는 거지?"

"닦으라고 했는지 어떤지는 모르겠지만, 어쨌든 주인은 자네 때문에 골머리를 썩고 있다네. 하숙비 10엔이나 15엔 정도는

족자를 한 폭 팔면 바로 마련할 수 있다고 하더군."

"건방진 녀석이군. 그렇다면 뭐 하러 사람을 들였다나?"

"왜 들였는지 내가 알게 뭔가? 들여놓고 보니 싫어져서 나가라고 하는 거겠지. 자네 방 빼게."

"당연히 빼야지. 있어달라고 빌어도 나갈 걸세. 도대체가 그런 되지도 않는 비난을 퍼붓는 곳을 소개해준 자네부터가 불손하기 짝이 없네."

"내가 불손하거나, 자네가 얌전히 있지 않았거나 둘 중 하나겠지."

고슴도치도 나와 맞먹을 만큼 울컥하는 성미를 가졌기에, 지지 않으려고 커다란 목소리를 냈다. 교무실에 있던 사람들은 무슨 일이 시작되었나 싶어서 모두들 고개를 길게 빼고 나와 고슴도치 쪽을 멍하니 바라보았다. 나는 특별히 부끄러운 일을 한 것도 아니었기에 자리에서 일어나 교무실 안을 한 바퀴 둘러보았다. 모두가 놀랐다는 듯한 표정을 짓고 있었으나 광대만은 재미있다는 듯이 웃고 있었다. 내 커다란 눈이 「네 녀석도 싸움을 할 생각이냐?」는 듯한 험악한 빛으로 광대의 멸치 같은 얼굴을 쏘아붙였더니 광대는 갑자기 얼굴이 굳어서 아주 조심하는 표정이었다. 조금은 겁을 먹은 듯이 보였다. 그때 나팔 소리가 들렸다. 고슴도치와 나는 싸움을 멈추고 교실로 들어갔다.

오후에는 지난 밤, 내게 무례한 행동을 했던 기숙생들의 처분에 대한 회의가 열렸다. 태어나서 처음으로 해보는 회의였기에 어떤 식으로 진행되는지 전혀 알 수는 없었지만, 직원들이 모여서 제 마음대로 떠들어대면 그것을 교장이 적당히 아우르는 것일 게다. 아우른다는 것은 흑백을 명확하게 가를 수 없는 일에 대해서 쓰는 말이다. 이번 일처럼 누가 봐도 도리에 어긋나는 일이라고밖에 생각할 수 없는 사건 때문에 회의를 한다는 것은 시간낭비. 누가 무슨 말을 하든 이설(異說)이 나올 수가 없다. 이렇게 명백한 일에 대해서는 교장이 즉석에서 처분해버리면 될 것을. 정말 결단력이 없는 사람이다. 교장이 이런 것이라면 이는 우유부단한 굼벵이의 다른 이름에 불과한 것이다.

회의실은 교장실 옆에 있는 좁고 긴 방으로 평소에는 식당의 대리역할을 맡고 있다. 검은 가죽을 씌운 의자가 스무 개 정도 긴 테이블 주위에 놓여 있는 것이 간다에 있는 서양요리점[35]과 조금 비슷한 분위기다. 그 테이블 한쪽 끝에 교장이 앉고 교장 옆에 빨강셔츠가 자리를 잡았다. 나머지는 되는 대로 자리에 앉는데 체육교사만은 언제나 겸손하게 제일 끝자리에 앉는다는 것이었다. 나는 어떻게 해야 할지 몰라서 과학교사와 한문교사 사이에 앉았다. 건너편을 바라보니 고슴도치와 광대가 나란히 앉아 있었다. 광대의 얼굴은 아무리 뜯어보아도 못생겼다. 싸우기는 했지만 고슴도치 쪽이 훨씬 더 운치가 있었다. 아버지의 장례식 때, 고비나타(小日向)에 있는 요겐지(養源寺)라는 절의 방에 걸려 있던 족자 속 얼굴과 아주 닮았다. 스님에게 물어보니 위타천[36]이라는 괴물이란다. 오늘은 화가 나 있기 때문에 눈을 빙글빙글 돌리다 때때로 나를 바라보았다. 「그런 정도로 겁먹을 내가 아니다.」라며 나도 지지 않으려고 눈을 둥그렇게 뜨고 고슴도치를 노려봤다. 내 눈은, 잘생기지는 못했지만 크기에 있어서는 웬만한 사람에게는 지지 않는다. 「도련님은 눈이 커서 배우를 하면 잘 어울릴 거예요.」라고 기요가 곧잘 말했을 정도다.

「이제 거의 다 오셨나요?」라고 교장이 말하자 가와무라(川村)라는 서기가 「하나, 둘」 머리 숫자를 세어본다. 한 명이 모자란다. 「한 명 모자랍니다.」라고 생각하고 있었는데 모자랄 수밖에 없었다. 마른 호박이 오지 않았다. 나와 마른 호박은 전생에 어떤 인연이었는지 모르겠지만 이 사람의 얼굴을 본 뒤로는 도무지 잊을 수가 없었다. 교무실에 들어서면 마른 호박이 가장 먼저 눈에 띄었다. 길을 걷다가도 마른 호박 선생의 모습이 떠올랐다. 온천에 가면 종종 마른 호박이 파란 얼굴로 탕 속에 둥둥 떠 있었다. 인사를 하면 「네, 네.」하며 황송하다는 듯이 머리를 숙였기에 가엾게 보였다. 학교에서 마른 호박처럼 얌전한 사람도 없다. 웃는 일도 거의 없었으며 쓸데없는 말을 하는 적도 거의 없었다. 나는 책을 통해서 군자라는 말을 배웠는데, 이건 사전에나 있는 말이지 살아 있는 생물이 아니라고 생각했지만 마른 호박을 보고 비로소, 「역시 실제로 존재하는구나.」라고 감탄을 했을 정도였다.

이렇게 관계가 깊은 사람이었기에 회의실에 들어선 순간, 마른 호박이 없다는 사실을 금방 알 수 있었다. 솔직하게 말하자

면 이 사람 다음 자리에 앉아야겠다고 가만히 생각하고 왔을 정도였다. 교장은 「곧 오시겠죠」라고 말하면서 자기 앞에 있던 보라색 비단 보자기를 풀어서 인쇄물을 읽었다. 빨강셔츠는 호박 파이프를 비단 손수건으로 닦기 시작했다. 이게 이 사내의 취미였다. 빨강셔츠를 입는 것과 같은, 그런 이유에서일 것이다. 다른 사람들은 옆에 앉은 사람과 무엇인가를 속삭이고 있었다. 정 할 일이 없는 사람들은 연필 끝에 달려 있는 지우개로 테이블 위에 무엇인가를 자꾸만 적고 있었다. 광대는 종종 고슴도치에게 말을 걸었지만 고슴도치는 전혀 대꾸를 하지 않았다. 그저 「응」「아아」라고만 말할 뿐, 때때로 무서운 눈으로 나를 바라보았다. 나도 지지 않고 노려보았다.

드디어 기다리고 있던 마른 호박이 가엾은 표정으로 들어와서 「잠깐 일이 있어서 늦었습니다.」라고 정중하게 너구리에게 인사를 했다. 「그럼 회의를 시작하겠습니다.」라고 말한 너구리는 우선 서기인 가와무라에게 인쇄물을 나눠주게 했다. 받아보니 첫 번째가 처분에 관한 건, 두 번째가 단속에 관한 건, 그리고 그 외에 두어 가지 안이 더 있었다. 너구리는 평소와 다름없이 거드름을 피우면서 교육의 화신인 양 다음과 같은 뜻의 말을 했다. "학교 직원이나 학생이 과실을 범하는 것은 전부 제 자신이 부덕한 탓으로, 무슨 사건이 있을 때마다 저는 '이러면서 잘도 교장이라고 떠들고 다닌다.' 라는 남모를 부끄러움에 잠깁니다. 불행하게도 이번에 다시 그런 소동을 일으킨 데 대해서 여러분께 깊이 사죄드리지 않을 수 없습니다. 하지만

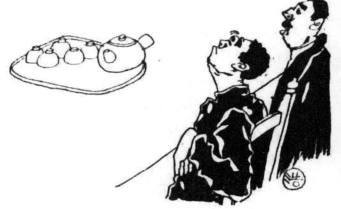

일단 일어난 이상 어쩔 수가 없습니다. 어떤 식으로든 처분을 내리지 않으면 안 됩니다. 사정은 이미 여러분도 잘 알고 계실 테니, 그 처분에 대한 최선책을 허심탄회하게 말씀해주시면 많은 참고가 되겠습니다."

나는 교장의 말을 듣고 「교장인지 너구리인지 과연 훌륭한 말을 하는구먼.」이라고 감탄했다. 그렇게 교장이 모든 책임을 지고, 「자신의 과실이다, 부덕한 탓이다.」라고 말할 거면 학생들을 처벌하지 말고 자기가 먼저 사표를 내면 되지 않겠는가? 그러면 이렇게 귀찮은 회의 같은 걸 열 필요도 없지 않겠는가? 상식적으로 생각해봐도 뻔한 일이다. 내가 숙직을 서고 있었다. 학생들이 난동을 피웠다. 죄가 있는 것은 교장도 아니고 나도 아니다. 당연히 학생들이다. 만약 고슴도치가 선동을 했다면 학생들과 고슴도치를 물러나게 하면 그것으로 그만이다. 남의 엉덩이를 들쳐 업고 「내 엉덩이다. 내 엉덩이다.」라고 떠들어대는 녀석이 이 세상에 어디 있단 말인가? 너구리가 아니고서는 부릴 수 없는 재주다. 그는 이렇게 얼토당토않은 말을 해놓고서는 자랑스레 사람들을 둘러보았다. 그런데 누구 하나 입을 여는 사람이 없었다. 과학교사는 제1 건물 지붕에 앉아 있는 까마귀를 바라보고 있었다. 한문선생은 인쇄물을 접었다 폈다 했다. 고슴도치는 아직도 내 얼굴을 노려보고 있었다. 회의라는 게 이렇게 한심한 거라면 결석하고 낮잠이라도 자는 편이 낫겠다.

나는 답답해져서 가장 먼저 한바탕 이야기를 하려고 반쯤

의자에서 엉덩이를 떼었다가 빨강셔츠가 무언가 말을 시작했기에 다시 자리에 앉았다. 바라보니 파이프를 집어넣고 줄무늬가 있는 비단 손수건으로 얼굴을 닦으면서 무슨 말을 하고 있었다. 저 손수건은 틀림없이 마돈나에게서 뜯어냈을 것이다. 남자는 하얀 삼베를 쓰는 법이다. "저도 기숙생들의 소동을 듣고 교감으로서 매우 부족할 뿐만 아니라 평소 덕화가 아이들에게 미치지 못한 점 매우 부끄럽게 여기고 있습니다. 하지만 이런 일은 어떤 결함이 있기 때문에 일어나는 것으로 사건 자체만 놓고 보면 학생들이 전적으로 잘못한 것처럼 보이지만 그 진상을 살펴보면 책임은 오히려 학교에 있는 것일지도 모르겠습니다. 따라서 표면상으로 나타난 일만을 가지고 엄중한 처벌을 가한다면 오히려 미래를 위해서 좋지 않을 것이라고 생각합니다. 그리고 소년들이 혈기에 넘쳐서 한 짓으로 활기에 넘쳐서 선악을 생각하지 않고 거의 무의식적으로 이런 장난을 한 것이라고 볼 수도 있습니다. 원래 처분법은 교장선생님의 생각에 따라서 결정되는 것으로 제가 참견할 바는 아니지만 부디 제가 드린 말씀을 참작하셔서 가능한 한 관대한 처분을 내리도록 부탁드리는 바입니다."

과연, 너구리도 너구리지만 빨강셔츠도 빨강셔츠다. 학생들이 잘못한 것이 아니라 교사가 잘못한 것이라고 공언하고 있다. 미친놈이 남의 머리를 때리는 것은 맞은 사람이 잘못했기 때문에 미친놈이 때리는 것이란다. 있을 수 없는 일이다. 활기에 넘쳐서 처치곤란이라면 운동장에 나가서 씨름이라도 하면 될

거 아니겠는가? 거의 무의식적으로 잠자리에 메뚜기를 넣는다면 누가 견디겠는가? 이대로라면 자고 있는 사람의 목을 베어가도 거의 무의식적이었다며 방면을 할 태세다.

이렇게 생각한 나는 무슨 말이든 해줘야겠다 싶었는데, 이왕 말을 할 거면 사람들을 놀라게 할 만큼 당당하게 말하지 않으면 재미없다. 내 성격상, 화가 나 있을 때 말을 하면 두세 마디 한 뒤에 반드시 말문이 막혀버린다. 너구리나 빨강셔츠 모두 인물로 따지자면 나보다 뒤떨어지지만 말주변이 아주 좋으니 자칫 말실수를 해서 꼬투리를 잡히면 이 또한 재미없는 일이리라. 잠깐 복안을 마련해보자며 마음속으로 문장을 만들어보았다. 그런데 앞에 있던 광대가 갑자기 자리에서 일어나 놀라지 않을 수 없었다. 광대 주제에 의견을 말하다니 건방지기 짝이 없다. 광대는 예의 살살거리는 말투로 "이번 메뚜기 사건 및 함성 사건은 실로 저희 뜻 있는 직원들로 하여금 우리 학교의 장래에 대해서 가만히 기우의 마음을 품게 만들기에 충분한 중대사로, 우리 직원들은 이 일을 계기로 스스로를 되돌아보고 전교의 풍기를 확립하지 않으면 안 됩니다. 따라서 지금 교장선생님 및 교감선생님께서 말씀하신 내용은 참으로 정곡을 찌른 적절한 의견으로 저는 그 의견에 전적으로 찬성합니다. 부디 관대한 처분을 내려주시기 바랍니다."라고 말했다. 광대가 하는 말은 뻔지르르하긴 하지만 내용이 없다. 끊임없이 한자어만을 늘어놓을 뿐 의미를 알 수 없었다. 알 수 있는 것은 '전적으로 찬성한다.' 는 말뿐이었다.

나는 광대가 무슨 말을 하는지 그 뜻을 알 수는 없었지만 나도 모르게 굉장히 화가 났기에 복안도 마련하지 못한 채 자리에서 일어나버렸다. "저는 전적으로 반대합니다. ……."라고 말은 했지만 갑자기 다음 말이 떠오르지 않았다. "…… 그런 엉터리 같은 처분은 싫습니다."라고 덧붙였더니 모든 직원이 웃기 시작했다. "이건 전부 학생들 잘못입니다. 어떻게 해서든 사과를 하도록 하지 않으면 다음에 또 그럴 겁니다. 퇴학을 시켜도 상관없습니다. …… 이 얼마나 무례한, 새로 온 교사라고 우습게보고……."라고 말한 뒤 자리에 앉았다. 그러자 오른쪽 옆에 있던 과학이 "학생들이 잘못하기는 잘못했 지만 너무 엄중하게 벌을 내리면 오히려 반동을 일으킬 테니 좋지 않을 겁니다. 저 역시 교감선생님께서 말씀하신 대로 관대한 처분에 찬성합니다."라고 약해빠진 소리를 했다. 왼쪽에 있던 한문은 온건설(穩健說)에 찬성한다고 말했다. 역사도 교감 과 동감이라고 말했다. 혐오스러웠다. 대부분이 빨강셔츠당 (黨)이었다. 이런 녀석들이 모여서 학교를 세웠으니 더 이상 무엇을 바라겠는가? 나는 학생들에게 사과를 받아내지 못하면 사직할 생각으로 있었기에 만약 빨강셔츠가 승리를 거둔다면 바로 집으로 돌아가서 짐을 쌀 각오를 하고 있었다. 어차피 이런 녀석들을 말로써 굴복시킬 재주도 없거니와 굴복시켰다 한들 언제까지고 이런 녀석들과 함께 지내기는 나 자신도 싫었 다. 학교를 떠난 뒤에는 어찌 되든 내 알 바 아니다. 다시 무슨 말을 하면 웃을 것임에 틀림없었다. 아무런 말도 하지

않겠다고 결심했다.

그러자 지금까지 아무런 말도 없이 듣고만 있던 고슴도치가 분연히 자리에서 일어났다. '저 자식도 어차피 빨강셔츠에게 찬성한다는 뜻을 밝히겠지. 어차피 네 녀석하고는 한 판 붙어야 한다. 네 멋대로 떠들어라.'라고 생각하며 바라보고 있자니 고슴도치는 창문틀이 흔들릴 만큼 커다란 소리로 "저는 교감선생님 및 다른 선생님들의 의견에 조금도 동의할 수 없습니다. 왜냐하면 이 사건은 어느 모로 보나, 50명이나 되는 기숙생들이 새로 부임한 교사 모 씨를 가벼이 여겨 그를 놀리려고 벌인 소행이라고밖에 인정할 수 없기 때문입니다. 교감선생님께서는 그 원인을 교사의 인품에서 찾으려고 하시는 듯한데, 실례의 말씀입니다만 그것은 실언인 듯합니다. 모 씨가 숙직에 임한 것은 부임 후 얼마 지나지 않아서의 일로, 학생들과 대면한 지 아직 20일도 지나지 않은 때였습니다. 이렇게 짧은 20일 동안 학생들이 모 씨의 학문과 인품을 제대로 평가했을 리 없습니다. 경멸받아 마땅한 이유가 있어서 경멸을 받은 것이라면 학생들의 행위에도 정상을 참작할 만한 여지가 있겠지만, 아무런 원인도 없이 새로 온 선생님을 우롱하는 경박한 학생들을 관대하게 대한다면 학교의 위신이 바로 서지 않을 것입니다. 교육의 정신은 단순하게 학문만을 전수하는 것이 아닙니다. 고상하고, 정직하고, 무사다운 패기를 고취함과 동시에 야비하고 경망스럽고 난폭하고 못된 풍조를 소탕하는 것도 교육의 정신이라고 생각합니다. 만약 반동이 두렵다거나, 일이 커지는

것을 원치 않는다는 등의 고지식한 말을 한다면 그런 악습은 언제 바로잡을 수 있겠습니까? 바로 이와 같은 악습을 두절하기 위해서 우리들은 이 학교에 종사하고 있는 것으로, 이를 간과할 생각이라면 처음부터 교사가 되지 말았어야 한다고 생각합니다. 이상과 같은 이유로 저는 기숙생 일동을 엄벌에 처함과 동시에 모든 사람이 보는 앞에서 해당 교사에게 사죄의 뜻을 표하도록 하는 것이 지당한 조치라 생각하고 있습니다."라고 말하면서 털썩 자리에 앉았다. 모두 입을 다문 채 아무런 말도 하지 않았다. 빨강셔츠는 다시 파이프를 닦기 시작했다. 나는 매우 기뻤다. 내가 하고 싶었던 말을 고슴도치가 속 시원하게 대신 해준 셈이었다. 나는 이렇게 단순한 인간이었기에 조금 전까지 싸웠던 일은 깨끗하게 잊고 아주 고맙다는 듯한 표정으로 자리에 앉은 고슴도치를 바라보았지만 고슴도치는 시치미를 떼고 있었다.

잠시 후, 고슴도치가 다시 자리에서 일어났다. "조금 전에 잠시 잊고 말하지 못했던 사실을 말씀드리겠습니다. 당일 밤, 숙직원은 숙직 도중 외출을 하여 온천에 다녀오신 듯한데, 이는 있을 수 없는 일이라고 생각합니다. 좋든 싫든, 한 학교를 지키는 일을 맡았으면서 책망하는 사람이 없다고 하여 다른 데도 아니고 온천에 간다는 것은 커다란 실태(失態)입니다. 학생 문제와는 별도로 이 점에 대해서는 교장선생님께서 특별히 책임자에게 주의를 주시기를 희망하는 바입니다."

알 수 없는 녀석이다. 편을 들어주나 싶었더니, 그 후에 바로 실수를 폭로해버렸다. 나는 전에 숙직 선생이 외출을 했다는 사실을 알고 있었기에 별 생각 없이 그런 습관이 있나보다 싶어서 결국 온천까지 간 것이었는데 고슴도치의 말을 듣고 보니 과연 내가 잘못했다는 생각이 들었다. 공격받아 마땅했다. 그래서 내가 다시 자리에서 일어나 "틀림없이 저는 숙직 도중에 온천에 갔다 왔습니다. 이것은 완전히 제 실수입니다. 사과드리겠습니다."라고 말한 뒤 자리에 앉았더니 모두들 다시 웃기 시작했다. 내가 무슨 말만하면 웃는다. 웃기는 녀석들이다. 너희들은 나처럼 자신의 잘못을 모든 사람들 앞에서 단언 할 수 있냐? 못하니까 웃는 거겠지.

그러자 교장은 「이제 더 이상 다른 의견도 없는 듯하니 잘 생각한 뒤에 처분하도록 하겠습니다.」라고 말했다. 말이 나온 김에 그 결론을 말하자면, 기숙생들은 일주일간 외출금지 처분을 받은 데다 내 앞으로 와서 사죄를 했다. 사죄를 하지 않았으면 그때 사직하고 도쿄로 돌아왔을 텐데 내가 말한 대로 되었기 때문에 결국에는 오히려 더욱 커다란 일이 벌어지고 말았다. 그 일에 대해서는 후에 다시 이야기를 하겠지만, 교장은 이때 회의의 계속되는 내용이라고 말하면서 이런 이야기를 했다. 「학생들의 풍기(風紀)는 교사들의 감화로 바로잡아야 한다. 그런 의미에서 교사들은 가능한 한 음식점 같은 곳에는 출입하지 말았으면 한다. 송별회 등과 같은 특별한 경우는 예외지만, 혼자서 그다지 품위 없는 곳에는 가지 말았으면 한다. 예를 들자면 메밀국수집이나 떡꼬치집 같은 곳……」이라고 말한 순간 모든 사람들이 다시 웃음을 터뜨렸다. 광대가 고슴도치를 보고 튀김메밀국수라고 말하면서 눈짓을 보냈지만 고슴도치는 상대도 해주질 않았다. 쌤통이다.

나는 머리가 나쁘기 때문에 너구리의 말을 잘 알아들을 수는 없었지만 메밀국수집이나 떡꼬치집에 가는 사람은 중학교 교사를 할 수 없는 것이라면 나 같은 먹보가 할 수 있는 일은 아니라고 생각했다. 그건 아무래도 상관없으니 그렇다면 처음부터 메밀국수나 떡꼬치를 싫어하는 사람을 뽑으면 될 거 아니겠는가? 아무런 말도 없이 지령을 건네주고서 메밀국수를 먹지 마라, 떡꼬치를 먹지 마라 죄인 취급을 하면 나 같이 별다른 취미도 없는 사람에게는 커다란 타격이 된다. 그러자 빨강셔츠가 다시 참견을 했다. "원래 중학교 교사와 같은 사람들은 사회적으로 상류에 위치하고 있다고 해서 단순하게 물질적인 쾌락만을 추구해서는 안 된다. 그런 것들에 빠져들면 품성에 나쁜 영향을 끼치게 된다. 하지만 인간인 이상, 어떤 오락거리가 없으면 시골의 좁은 마을에 와서 좀처럼 살아가기 어려운 법이다. 따라서 낚시에 가거나, 문학서를 읽거나, 혹은 신체시나 단시를 짓는 등 무엇이든 좋으니 고상하고 정신적인 오락을 추구하지 않으면 안 된다. ……"

가만히 듣고 있자니 제멋대로 잘도 떠들어댄다. 바다 한가운데 나가서 거름을 낚고, 고르키가 러시아 문학가가 되고, 친한 기생이 소나무 밑에 서 있고, 오랜 연못에 개구리가 뛰어드는 것37)이 정신적 오락이라면, 튀김메밀국수를 먹고 떡꼬치를

삼키는 것도 정신적 오락이다. 그런 같잖은 오락을 가르치려면 빨강셔츠나 빠는 게 낫다. 너무 화가 나서 "마돈나를 만나는 것도 정신적 오락입니까?"라고 물어보았다. 그런데 이번에는 아무도 웃질 않았다. 묘한 표정으로 서로의 눈을 바라볼 뿐이었다. 빨강셔츠는 괴롭다는 표정으로 밑을 바라보고 있었다. 거봐라. 한방 먹었지? 단, 가엾은 것은 마른 호박으로 내가 그렇게 말하자 그 파란 얼굴이 더욱 파랗게 변했다.

7

　나는 그날 밤으로 하숙에서 나왔다. 하숙집으로 돌아가서 짐을 꾸리고 있었더니 안주인이 '뭔가 불편한 점이라도 있었나요? 마음에 안 드는 점이 있으면 말씀해주세요. 고치겠습니다.' 라고 말했다. 그저 놀라울 따름이다. 세상에는 어찌 이다지도 염치없는 사람들만 모여 산단 말인가? 있어주길 바라는 것인지, 나가주길 바라는 것인지 알 수가 없었다. 마치 정신병자 같았다. 이런 사람을 상대로 싸움을 한댔자 도쿄사람의 이름에 먹칠을 할 뿐이었기에 차부를 데리고 와서 얼른 방을 뺐다.

　나오기는 나왔지만 마땅히 갈 데가 있는 것도 아니었다. 차부가 「어디로 모실깝쇼?」라고 묻기에 「그냥 따라오게. 곧 알게 될 걸세.」라고 말하고 터벅터벅 걸었다. 귀찮아서 그냥 야마시로야로 갈까도 생각해봤지만 다시 나와야 할 것이 뻔하니 더 귀찮았다. 「이렇게 걷다보면 하숙이나 뭐라고 써 붙인 간판이 있는 집을 발견하겠지. 그럼 그 집을 하늘이 점지해준 집이라고 생각하고 살기로 하자.」고 생각하며 빙글빙글, 한적하고 살기 좋아 보이는 곳을 걷다보니 결국에는 가지야초(鍛冶屋町)라는 곳까지 나와버렸다. 이곳은 무사들의 저택이 있던 곳으로 하숙 같은 게 있을 리 없는 마을이었기에 좀 더 번화한 곳으로 가볼까 하다가 문득 좋은 생각이 떠올랐다. 내가 경애해마지 않는

마른 호박이 이 마을에 산다. 마른 호박은 이 고장 사람으로 선조 대대로 내려오는 저택을 가지고 있을 정도이니 이 주변 사정에 밝을 것임에 틀림없다. 그 사람을 찾아가서 물어보면 쓸 만한 하숙을 가르쳐줄지도 모른다. 다행히도 한 번 인사차 간 적이 있어서 대략은 위치를 알고 있으니 찾아 헤맬 필요는 없을 것이다. 이쯤이다 싶은 곳을 적당히 가늠해서 「실례합니다. 실례합니다.」라고 두 번쯤 불렀더니 안에서 50정도 되어 보이는 나이 든 사람이 고풍스러운 초롱불을 들고 나왔다. 나는 젊은 여자도 싫지는 않았지만 나이 든 사람을 보면 왠지 그리운 생각이 들었다. 아마도 기요를 좋아하기 때문에, 기요의 영혼이 여기저기에 있는 할머니들에게 옮겨 붙는 것일 게다. 이 사람은 아마도 마른 호박의 어머니일 것이다. 단발머리를 한, 품위 있어 보이는 부인이었지만 마른 호박과 아주 닮았다. 「어머, 어서 드세요.」라고 말했지만 「잠깐 볼일이 있어서.」라고 말해 주인을 현관까지 불러내서 「사실은 일이 이러 이렇게 됐는데 어디 아는 데 없습니까?」하고 물어보았다. 마른 호박 선생은 「거참 곤란하게 됐군요.」라고 말한 뒤 한동안 생각을 하다가 「요 뒷마을에 하기노(萩野)라고 하는 나이 든 부부만 사는 집이 있는데, 언젠가 방을 비워두기는 아깝고 확실한 사람이 있으면 빌려주고 싶으니 주선을 좀 해달라고 부탁한 적이 있었는데. 아직도 방이 비었는지 어떤지는 모르겠지만 일단 같이 가서 물어봅시다.」라며 친절하게 데려다 주었다.

　그날 밤부터 하기노 댁의 하숙인이 되었다. 놀라운 사실은,

내가 이카긴의 집에서 나오자 그 다음 날부터 나 대신 광대가 뻔뻔스러운 얼굴로 내가 있던 방을 점령했다는 사실이었다. 이런 일에는 덤덤한 나도 이 사실에는 어안이 벙벙해지지 않을 수 없었다. 세상에는 거짓 스승들만 있어서 서로를 계략에 빠뜨리려고만 드는 걸지도 모르겠다.

세상이 이 지경이니 나도 지지 않겠다는 기분으로 남들처럼 하지 않으면 견딜 수 없다는 얘기가 된다. 소매치기를 등쳐먹지 않고서는 하루 세 끼 밥을 먹지 못한다면 세상에서 살아가는 것도 다시 한 번 생각해봐야 할 일이다. 그렇다고 팔팔하게 건강한 몸으로 목을 매단다면 조상들에게 면목이 없을 뿐만 아니라 소문도 좋지 않을 것이다. 생각해보면 물리학교 같은 곳에 들어가 수학처럼 아무 짝에도 쓸모없는 재주를 배우기보다는 600엔을 밑천으로 우유장사라도 시작했으면 좋았을 걸 그랬다. 그렇게 했으면 기요도 내 곁에서 떠나지 않아도 됐고, 나도 멀리서 할머니의 걱정을 하면서 살지 않아도 됐을 것을. 같이 있을 때는 잘 몰랐는데 이렇게 시골에 와보니 기요는 역시 착한 사람이었다. 그렇게 성품이 좋은 여자는 일본 전체를 뒤지고 다녀도 흔히 볼 수 없을 것이다. 「할머니, 내가 떠나올 때 약간 감기를 앓고 있었는데 지금은 어떻게 지내는지 모르겠다. 전에 보낸 편지를 보면 틀림없이 기뻐할 거야. 그건 그렇고 이젠 답장이 올 때도 됐는데…….」 나는 이런 것들만 생각하며 이삼일을 보냈다.

신경이 쓰여서 주인집 할머니에게 「도쿄에서 편지가 오지 않았나요?」라고 때때로 물어보았지만 물어볼 때마다 「안 왔습니다.」라며 가엾다는 표정을 지었다. 이 집 주인 내외는 이카긴과는 달리 근본이 선비집안이었기에 두 사람 모두 품위가 있었다. 할아버지가 밤이 되면 이상한 목소리로 창을 부르는 데 대해서는 할 말이 없었지만, 이카긴처럼 「차 드실래요?」라며 다짜고짜로 찾아오지는 않으니 살 것 같았다. 때때로 할머니가 내 방으로 건너와 여러 가지 이야기를 나눴다. 「왜 각시를 데리고 함께 오시지 안으셨어유?」라고 묻는다. 「아내가 있는 것처럼 보이세요? 안 됐지만 이래봬도 아직 스물넷이에요.」라고 말했더니 그래도 「선상님, 스물넷에 각시가 있는 건 당연한 일 아니것어유.」라고 운을 뗀 뒤, 여기 사는 누구는 스물에 아내를 맞았다는 둥, 저기 사는 누구는 스물 둘인데 아이가 둘이나 된다는 둥, 그런 예를 한쪽 손가락으로는 헤아릴 수도 없을 만큼 들며 반박을 하는 데는 두 손을 다 들지 않을 수 없었다. 「그람, 나두 스물넷에 아내를 맞아야것으니 중매 좀 서줘유.」라고 사투리를 써가며 부탁을 해봤더니 할머니는 솔직하게 「참말이여유?」한다.

"정말이고말고요. 나도 장가가고 싶어서 죽겠어요."

"참말이여유? 허긴, 젊은 사람들은 다 그런 법이쥬."

이 말에는 나도 질려서 더 이상 말을 할 수가 없었다.

"그려두 선상님은 벌써 장가를 드셨잖아유. 지는 진작부텀 다 알고 있었구먼유."

"우와, 보통이 아니신데요. 어떻게 아셨어요?"

"어떻게는. 도쿄에서 편지가 오지 않았나, 오지 않았나, 매일 편지만 눈이 빠져라 기다리잖여유."

"이거 정말 놀랐는걸. 정말 보통이 아니네요."

"지 말이 맞쥬?"

"그래요. 맞을지도 모르겠네요."

"그른디, 요즘 여자들은 옛날허구 다르니께 방심허믄 안 돼유. 조심혀야 혀유."

"무슨 소리세요? 우리 마누라가 도쿄에 샛서방이라도 뒀단 말인가요?"

"아니구먼유. 선상님 각시는 걱정 없지만서두……."

"어, 이제야 마음이 놓이는군. 그럼 뭘 조심하라는 거죠?"

"선상님 각시는 틀림없구먼유, 틀림없지만서두……."

"어디에 틀림이 있는 사람이 있나보죠?"

"여기에두 얼마든지 있어유. 선상님, 저 도오야마(遠山)네 딸 아시쥬?"

"아니요, 몰라요."

"아직 모르시는구먼유. 이 근방에서는 젤루다 잘났어유. 너무 잘나서 핵교 선상님들은 전부 마돈나, 마돈나허구 부르는디. 아직 못 들어보셨구먼유."

"아, 마돈나요? 난 기생 이름인 줄 알았어요."

"아녀유 선상님두. 마돈나는 코쟁이들 말루다 미인이라는 뜻이자녀유."

"그럴지도 모르겠네요. 이거 놀랐는걸."

"아마 미술 선상님이 붙여준 이름일 거구먼유."

"광대가 붙인 거예요?"

"아녀유. 그 왜, 요시카와 선상님이 붙인거구먼유."

"그런데 마돈나가 틀림이 있단 말인가요?"

"그 마돈나가 바람난 마돈나구먼유."

"역시 그렇군. 옛날부터 별명이 붙은 여자 중에 제대로 된 여자는 없었으니까요. 그럴지도 모르겠네요."

"증말 그렇다니깐유. 기신의 오마쓰[38]나 닥키의 오햐쿠[39] 같은 무시무시한 여자도 있잖여유."

"마돈나도 그런 여자인가요?"

"그 마돈나가 말이여유, 선상님. 거시기, 선상님을 여기루 데리고 온 고가 선상님 아시쥬? 그 분헌티 시집을 가기루 약조를 했었거든유."

"거참 이상한 걸. 마른 호박 선생은 그렇게 여복이 있는 사람으로는 보이지 않았는데. 역시 겉모습 갖고는 모르는 법이구먼. 조심해야겠는걸."

"근디, 작년에 그 댁 아버님이 돌아가시믄서……. 그때꺼정은 돈도 있구, 은행 주식도 있었구, 허는 일마다 잘 풀렸는디……. 그 담부터는 워쩐 일인지 갑자기 형편이 궁해져서……. 긍께 고가 선상님이 사람이 너무 좋아서 속은 거 같아유. 그래서 혼인날을 뒤로 미뤘는디, 그 교감선상님이 찾아가서 꼭 자기헌테 시집을 와달라고 말했대유."

"빨강셔츠 말이에요? 정말 몹쓸 녀석이구먼. 어쩐지 그 셔츠가 그냥 셔츠는 아닌 거 같았어. 그래서요?"

"사람을 보내서 야그를 했더니 도오야마 씨도 고가 씨한테 의리가 있응께 바로는 대답을 못허구, 좀 생각을 허것다구 대답을 혔쥬. 그담부터 빨강샤쓰가 손을 쓰려고 도오야마 씨네를 드나들었구, 결국에는 그 댁 샥시를 손에 넣게 됐쥬. 빨강샤쓰 선상도 빨강샤쓰 선상이지만 샥시도 샥시라구 다들 욕혀유. 한번 고가 선상한테 시집가기루 혀놓구선 이제 와서 학사 선상이 나타나니께 글루 갈라구 허니. 천벌을 받을 거구먼유."

"천벌을 받아 마땅하지. 천벌이 아니라 만벌, 억벌을 받아도 시원찮지."

"그랴서, 고가 선상이 불쌍혀서 친구인 홋타 선상이 교감 댁을 찾아갔더니 빨강샤쓰 선상이 '나는 혼약한 사람을 가로챌 생각은 없다. 파혼이라도 한다면 모를까. 지금은 도오야마 씨 댁과 교제를 하고 있는 것일 뿐이다. 도오야마 씨 댁과 교제를 한다고 해서 특별히 고가 씨한테 미안해 할 필요는 없지 않은 가?'라고 말했대유. 홋타 선상두 허는 수 없이 돌아갔다는구먼 유. 빨강샤쓰 선상허구 홋타 선상허구 그 담부터 사이가 안 좋다는 소문이구먼유."

"모르는 게 없으시네. 어떻게 그렇게 훤하세요? 정말 보통이 아니시네."

"이 쫍은 동네서 모르는 게 어딨것슈?"

너무 잘 알아서 탈이다. 이 정도라면 내 튀김메밀국수나 떡꼬치 사건도 알고 있을지 몰랐다. 귀찮은 동네다. 하지만 덕분에 마돈나의 의미도 알았고, 고슴도치와 빨강셔츠의 관계도 알게 되어 후에 큰 도움이 되었다. 하지만 도대체 누가 나쁜 사람인지 판단을 내릴 수 없었다. 나처럼 단순한 사람은 흑 아니면 백이라고 꼭 집어주지 않으면 어느 쪽 편을 들어야 할지 알지를 못한다.

"빨강셔츠하고 고슴도치 중 누가 좋은 사람이에요?"

"고슴도치는 또 뭐래유?"

"고슴도치는 홋타를 말하는 거예요."

"머, 세기는 홋타 선상이 더 센 거 같지만 빨강샤쓰 선상은 학사 선상이잖여유. 일은 잘 허시겠쥬. 그리고 상냥허기두 빨강샤쓰 선상이 더 상냥허지만서두 학상들 사이에서는 홋타 선상 쪽이 더 평판이 좋다는구먼유."

"그러니까 누가 좋은 사람이죠?"

"그러니께 월급을 많이 받는 쪽이 훌륭헌 거 아닐까유?"

더 이상 물어봐야 소용이 없을 것 같아 그만두기로 했다. 그날로부터 이삼일 정도 뒤, 학교에서 돌아오니 할머니가 방긋 방긋 웃는 얼굴로 「자, 오래 기다리셨구먼유. 드디어 왔어유.」라 며 편지 한 장을 가지고 와서 「천천히 읽으셔유.」라고 말하고는 방에서 나갔다. 집어들어 보니 기요가 보낸 편지였다. 작은 종이가 두어 장 붙어 있기에 잘 살펴보니, 야마시로야에서 이카긴네 집으로 갔다가, 이카긴네서 하기노 댁으로 온 것이었다. 게다가 야마시로야에서는 일주일 정도 묵었다. 여관인 만큼 편지까지 묵어가게 할 생각이었나 보다. 열어보니 매우 긴 편지였다. 〈도련님의 편지를 받고 바로 답장을 쓸 생각이었지만 마침 감기에 걸려서 일주일 정도 누워 있었기에 이렇게 늦어져서 미안하다. 그리고 요즘 젊은 아가씨들처럼 읽고 쓰기에 능숙하지 못하기 때문에 이렇게 못 쓰는 글씨지만 쓰는 게 보통 힘들지가 않다. 조카에게 대필을 부탁할까 생각도 해보았지만 모처럼 만에 보내는 것인데 내가 직접 쓰지 않으면 죄송할 것 같아서 일부러 한 번 적어본 다음 깨끗하게 다시 적었다. 깨끗이 적는 것은 이틀 만에 끝났지만 처음 쓸 때는 나흘이나 걸렸다. 읽기 힘들지도 모르겠지만 그래도 열심히 쓴 것이니 정성을 봐서 끝까지 읽어주기 바란다.〉라는 서두와 함께 4자 정도 되는 종이에 무슨 말들을 적어 보냈다. 과연 읽기 어려웠다. 글씨를 못 쓸 뿐만 아니라 대부분이 히라가나40)여서 어디서 끊고 어디서 시작해야 하는지 구분하기가 매우 힘들었다. 나는 성격이 급하기 때문에 이렇게 길고 알아보기 힘든 편지는 5엔을 줄 테니 읽으라고 해도 읽지 않지만 이때만은 진지하게 처음부터 끝까지 읽어 내려갔다. 전부 읽기는 읽었지만 읽기에 너무 신경을 써서 의미를 알 수 없었기에 다시 한 번 처음부터 읽어 내려갔다. 방 안이 조금 더 어두워졌기에 전보다 더욱 읽기 힘들어져서 결국에는 마루 끝에 나앉아 정성스럽게 읽어 내려갔다. 그러자 파초 잎을 흔들고 맨살로 파고들던 초가을 바람이 막 읽기 시작한 편지를 정원 쪽으로 흔들어대더니, 나중에는 4자나 되는 종이가 파르르 울기 시작하여 손을 놓으면 저쪽 울타리까지 날아갈 것 같았다. 나는 그런 일에 신경을 쓸 틈이

없었다. 〈도련님은 대쪽 같은 성품이지만, 단지 울컥하는 성질이 있어서 그것이 걱정이다. …… 다른 사람들에게 마음대로 별명을 붙이면 원성을 살 우려가 있으니 함부로 불러서는 안 된다. 만약 붙였다면 기요에게만 편지로 알려라. …… 시골 사람들은 성품이 좋지 않다고 하니 큰일을 당하지 않도록 조심해라. …… 날씨도 도쿄보다 더 변덕스러울 것이니 차게 자서 감기에 걸려서는 안 된다. 도련님의 편지는 너무 짧아서 상황을 잘 파악할 수가 없으니 이다음에 보낼 때는 적어도 이 편지의 반 정도는 되게 써줘라. …… 여관에 팁으로 5엔을 준 것은 잘한 일이지만 뒤에 돈이 모자라지는 않았는지? 시골에 가서 의지할 것이라고는 돈밖에 없으니 가능한 한 절약해서 만일의 경우에 대비해두지 않으면 안 된다. …… 용돈이 부족해서 궁할지도 모르니 우편환으로 10엔을 보낸다. …… 일전에 도련님께 받은 50엔을 도련님이 도쿄로 돌아와서 집을 마련할 때 쓰려고 우체국에 맡겨두었는데 이 10엔을 빼고도 아직 40엔이 남았으니 괜찮다. ……〉

과연 여자들은 세심하다.

내가 마루 끝에 나앉아 기요가 보낸 편지를 바람에 펄럭이며 생각에 잠겨 있자니 방문이 열리며 하기노 할머니가 저녁상을 들고 들어왔다. 「여즉 읽고 계셔유? 겁나게 긴 편진가봐유.」라고 말하기에 「네. 소중한 편지라서 바람에 날리고는 보고, 날리고는 보고 하느라고요.」라며 내가 생각해도 뜻을 알 수 없는 대답을 한 뒤, 밥상머리에 앉았다. 들여다보니 오늘도 삶은

감자를 조린 것이다. 이 집은 이카긴네보다 정중하고, 친절하며, 품위가 있었지만 안타깝게도 음식이 맛이 없었다. 어제도 감자, 그제도 감자였고 오늘밤도 감자다. 내가 감자를 아주 좋아한다고 말한 건 틀림없는 사실이지만 이렇게 매일 감자만 먹는다면 목숨을 부지하지 못할 것이다. 마른 호박 선생을 비웃기 전에 내가 머지않아 마른 감자 선생이 될 것 같았다. 기요라면 이럴 때, 내가 좋아하는 참치 회나 양념을 해서 구운 어묵을 내겠지만 가난한 선비집안의 노랑이이니 어쩔 수가 없다. 아무리 생각해봐도 기요와 함께 있지 않으면 안 되겠다. 만약 이 학교에 오래 있어야 할 것 같으면 도쿄에서 기요를 불러들이자. 튀김메밀국수를 먹어선 안 된다, 떡꼬치를 먹어선 안 된다, 게다가 하숙에서는 매일 감자만 먹어 누렇게 떠 있어야 하다니 교육자란 괴로운 법이다. 선종(禪宗) 스님들의 입도 이보다는 더 호강을 할 것이다. 나는 감자 한 접시를 해치운 다음 책상 서랍에서 날계란을 두 개 꺼내 대접 모서리에 두들겨 깨뜨려 먹은 뒤 식사를 마쳤다. 날계란으로라도 영양을 보충하지 않는다면 일주일에 21시간 하는 수업을 어떻게 버틸 수 있겠는가?

오늘은 기요의 편지 때문에 온천에 늘 가던 시간이 지나버렸다. 하지만 매일 다니던 것을 하루라도 빼먹자니 마음이 영 좋질 않았다. 기차를 타고서라도 갈 생각으로 그 빨간 수건을 들고 정류장으로 갔더니 차가 2, 3분 전에 막 떠났기에 조금 기다려야만 했다. 벤치에 앉아서 담배를 피우고 있자니 우연히도 마른 호박이 나타났다. 나는 며칠 전에 이야기를 들은 후부터

마른 호박이 더욱 가엾게 여겨졌다. 안 그래도 하늘과 땅 사이에서 더부살이하는 것처럼 조심조심 행동하는 것이 가엾어 보였는데 오늘밤은 가엾은 정도가 아니었다. 할 수만 있다면 월급을 두 배로 올려주고, 도오야마 댁 아가씨랑 내일 결혼을 시켜서, 한 한달 정도 도쿄에서 놀다 오라고 보내고 싶다는 생각을 하고 있던 참이라, 「야, 온천에 가세요? 자 여기에 앉으세요」라고 기세 좋게 자리를 양보했더니 마른 호박은 황송하다는 표정으로 「아니, 신경 쓰지 마세요」라고 역시 사양인지 뭔지를 해댔다. 「조금 더 기다려야 차가 떠나요. 피곤할 테니 앉으세요」라고 다시 권해봤다. 사실 옆에 앉아줬으면 좋겠다는 생각이 들 정도로 가엾게 보여서 견딜 수가 없었다. 「그럼 실례하겠습니다」라며 드디어 내 말을 들어주었다. 세상에는 광대처럼 건방지게 내밀지 않아도 될 일에 반드시 얼굴을 내미는 녀석도 있다. 고슴도치처럼 내가 없으면 나라가 안 돌아간다는 듯한 얼굴을 어깨 위에 얹고 다니는 녀석도 있다. 그런가 하면 빨강셔츠처럼 머릿기름을 처바르고 호색한인 양 제 스스로 자랑하며 돌아다니는 녀석도 있다. 교육이 살아나서 플록코트를 입으면 그게 바로 자신이라는 듯 돌아다니는 너구리도 있다. 모두들 제 나름대로 시건방을 떨고 있지만 이 마른 호박 선생처럼 있어도 없는 것 같고, 인질로 잡힌 인형처럼 조용한 사람은 본 적이 없었다. 얼굴이 조금 붓기는 했지만 이렇게 괜찮은 남자를 버리고 빨강셔츠에게로 돌아서다니, 마돈나도 참으로 알 수 없는 말괄량이였다. 빨강셔츠 같은 사람이 제 아무리

많이 모여든다 해도 이처럼 훌륭한 남자는 되지 못할 것이다.

"어디 몸이라도 편찮으세요? 매우 피곤해 보이는데……."

"아니요, 특별히 이렇다 할 지병은 없는데……."

"거 다행이군요. 몸이 좋지 않으면 인간 구실을 못하죠."

"선생님은 매우 건강해 보입니다."

"네. 마르긴 했지만 병에 걸린 적은 없습니다. 앓아눕는
건 아주 질색이거든요."

내 말을 듣고 마른 호박은 가만히 웃었다.

바로 그때 입구 쪽에서 젊은 여자의 웃음소리가 들려오기에
별생각 없이 돌아보았더니 이거 참 대단한 사람이 나타났다.
하얀 피부, 한껏 멋을 부린 머리를 한 키가 큰 미인과 마흔
대여섯쯤 돼 보이는 부인이 나란히 표를 파는 곳 앞에 서 있었다.
나는 미인을 형용하는 재주가 없는 사내이기 때문에 뭐라고
말은 못하겠지만 굉장한 미인임에는 틀림없었다. 수정 구슬을
향수로 따뜻하게 해서 손바닥에 쥐어본 듯한 느낌이 들었다.
나이 든 사람 쪽이 키가 작았다. 하지만 얼굴이 아주 닮았으니
모녀일 것이다. 나는 「야, 왔구나.」라고 생각한 순간 마른 호박은
까맣게 잊어먹고 젊은 여자만 바라보았다. 그런데 옆에 있던
마른 호박이 갑자기 자리에서 일어나 슬금슬금 여자 쪽으로
걸어가기에 조금 놀랐다. 마돈나가 아닐까 싶었다. 세 사람은
개찰구 앞에서 가볍게 인사를 나누고 있었다. 떨어져 있었기
때문에 무슨 말을 하는지는 알 수가 없었다.

정류장의 시계를 보니 이제 5분 후면 발차다. 빨리 기차가

왔으면 좋겠다며 이야기할 상대가 없어졌기에 따분해하고 있는데 또 한 사람이 허겁지겁 정류장 안으로 뛰어들었다. 바라보니 빨강셔츠였다. 나풀거리는 기모노에 비단 허리띠를 대충 두르고 평소와 다름없이 금줄을 늘어뜨리고 있었다. 저 금줄은 모조품이다. 빨강셔츠는 아무도 모를 것이라 생각하고 보란 듯이 달고 다니지만 나는 잘 알고 있다. 빨강셔츠는 뛰어들자마자 두리번거리다가 개찰구 앞에서 이야기하고 있는 세 사람에게 은근히 인사를 하고 뭔가 두어 마디 이야기를 하는 듯싶더니 갑자기 내 쪽으로 평소와 다름없이 사뿐사뿐 걸어와서 「야, 선생님도 온천에 가세요? 난 또 늦는 줄 알고 걱정이 돼서 서둘러 왔더니 아직 3, 4분 남았네. 저 시계 맞는지 모르겠네.」라고 말하며 자신의 금시계를 꺼내서 「2분 정도 틀리네.」하고는 내 옆자리에 앉았다. 여자 쪽은 잠시도 돌아보지 않고 지팡이 위에 턱을 얹은 채 정면만을 바라보고 있었다. 나이 든 부인은 때때로 빨강셔츠를 바라보았지만, 젊은 여자는 옆을 향한 채 서 있었다. 역시 마돈나임에 틀림없었다.

곧 삑~, 하고 기적소리가 울리더니 차가 들어왔다. 기다리고 있던 사람들이 줄줄이 앞 다투어 올라탔다. 빨강셔츠는 가장 먼저 상등칸으로 뛰어들었다. 상등칸에 탄다고 해서 거드름을 피울 필요는 없다. 스미타까지 상등이 5센, 하등이 3센이니 겨우 2센 차이로 상, 하등이 구별되는 것이다. 나 같은 사람도 상등을 사서 하얀 표를 쥐고 있는 것만 봐도 알 수 있다. 하지만 시골사람들은 인색하기 때문에 단돈 2센이 드나드는 데도 고민

을 하는 듯 대부분이 하등칸에 오른다. 빨강셔츠의 뒤를 이어서 마돈나와 마돈나의 어머니가 상등칸에 올랐다. 마른 호박은 판박이처럼 언제나 하등칸에만 타는 사내다. 그 선생, 하등칸 출입구 앞에 뭔가 주저하는 듯한 표정으로 서 있다가 내 얼굴을 보자마자 단숨에 뛰어들어버렸다. 나는 이때 어딘지 가엾다는 생각이 들어서 견딜 수 없었기에 마른 호박의 뒤를 따라서 바로 같은 객차에 올라탔다. 상등칸 표로 하등칸에 탄다고 별 문제될 것은 없으리라.

온천에 도착해 3층에서 유카타를 입고 욕탕으로 내려갔을 때, 다시 마른 호박을 만날 수 있었다. 나는 회의나 무슨 일이 있을 때 말을 하려면 목이 메어서 말을 못하는 사람이지만 평소에는 꽤 말이 많았기에 탕 속에서 이것저것 마른 호박에게 말을 걸어보았다. 자꾸만 가엾은 생각이 들어서 견딜 수가 없었다. 이럴 때 한마디라도 상대의 마음에 위로가 될 만한 말을 하는 것이 도쿄사람의 의무라고 생각하고 있다. 하지만 마른 호박은 내가 의도한 대로 응해주질 않았다. 무슨 말을 해도 '네.', '아니오.'라고만 대답할 뿐이었으며 그 '네.', '아니오.'도 아주 귀찮아하는 듯 들렸기에 결국에는 내가 그만두고 포기를 해버렸다.

탕 속에서 빨강셔츠는 만나지 못했다. 워낙 탕이 여러 개 있기에 같은 기차를 타고 왔다 해도 같은 탕에서 만날 수 있는 것은 아니었다. 특별히 이상하다고는 생각지 않았다. 목욕탕에 서 나와 보니 달이 아름다웠다. 마을 양편에 버드나무가 심겨져

있고 버드나무의 그늘이 둥그런 그림자를 길가에 드리우고 있었다. 잠깐 산책이라도 하자. 북쪽으로 올라가 동구 밖으로 나서면 왼쪽으로 커다란 문이 있고 문 안쪽 막다른 곳이 절이며, 좌우로 기루(妓樓)가 있다. 산문 안에 유곽이 있다니 전대미문의 현상이다. 잠깐 들어가 보고 싶었지만 회의 때 너구리에게 다시 당할지도 몰랐기 때문에 그만두고 그대로 지나쳤다. 문들이 늘어서 있는 곳에 검은 발을 치고 창살을 댄 조그만 창이 있는 단층집은 내가 떡꼬치를 먹었다가 혼이 난 집이었다. 둥그런 초롱불에 단팥죽, 떡국이라고 써놓은 것이 매달려 있었으며 초롱불 빛이 처마 가까이에 있는 버드나무 한 그루의 줄기를 비추고 있었다. 먹고 싶다는 생각이 들었지만 참고 그대로 지나쳤다.

먹고 싶은 떡꼬치를 못 먹는다는 것은 한심하기 그지없는 일이다. 하지만 약혼한 사람이 다른 사람에게 마음을 주는 것은 더욱 한심한 일일 것이다. 마른 호박을 생각한다면 떡꼬치는커녕 사흘 정도 단식을 한다 해도 불평 한마디 못 할 것이다. 정말이지 사람만큼 믿지 못할 것도 없다. 그 얼굴을 보면, 아무리 생각해봐도 그렇게 몰인정한 행동을 할 사람으로는 보이지 않았는데……. 아름다운 사람은 몰인정하고, 물에 불은 동아〔冬瓜〕처럼 생긴 고가 선생은 선량한 군자와 같으니 참으로 알 수 없는 일이었다. 시원시원한 사람이라고 생각했던 고슴도치는 학생들을 선동했다고 하고. 학생들을 선동했나 싶었는데, 교장에게 학생들의 처분을 주장하고. 그렇게 밉게만 보이던

빨강셔츠가 의외로 친절하고, 내게 넌지시 주의를 주나 싶더니 마돈나를 속이기도 하고. 속였나 싶었더니 고가 쪽과 파혼을 하지 않으면 결혼은 바라지 않는다고 하고. 이카긴은 말도 되지 않는 이유로 나를 쫓아내더니 바로 광대 양반을 들이고. 아무리 생각해봐도 믿을 수가 없었다. 이런 일들을 기요에게 써서 보내면 틀림없이 깜짝 놀라리라. 하코네 건너편에 있는 곳이니 괴물들이 모여 사는 것이라고 말할지도 모르겠다.

나는 원래 깊이 생각하지 않는 성격이기 때문에 무슨 일이 있어도 그다지 고민을 하지 않고 지금까지 살아왔는데, 여기에 와서는 온 지 1개월이 될까 말까한데 갑자기 세상살이가 귀찮아지기 시작했다. 이렇다 할 커다란 사건이 있었던 것은 아니지만 벌써 대여섯 살은 더 먹은 듯한 기분이 들었다. 얼른 그만두고 도쿄로 돌아가는 것이 상책일 듯싶었다. 차례로 이런 생각들을 하며 나도 모르는 사이에 돌다리를 건너서 노제리가와(野芹川)라는 강의 제방까지 나와버렸다. 강이라고 하니까 대단한 것처럼 들릴지 모르겠지만 사실은 1간 정도나 되려나, 졸졸 흐르는 시내로 제방을 따라서 12정쯤 내려가다 보면 아이오이무라(相生村)라는 곳이 나온다. 그 마을에는 관음보살이 있다.

되돌아서 온천 마을을 바라보니 붉은 등이 달빛 속에서 빛나고 있었다. 북소리가 들리는 곳은 틀림없이 유곽이리라. 강은 얕기는 했지만 물살이 빨라서 신경질적인 물처럼 정신없이 빛나고 있었다. 한가롭게 제방 위를 조금 걷다보니 저쪽으로 사람의 그림자가 보이기 시작했다. 달빛에 비춰보니 두 사람이

었다. 온천에 왔다가 마을로 돌아가는 젊은이들인지도 몰랐다. 그런데 노래도 부르지 않았다. 너무 조용했다.

　그쪽으로 걸어갔는데 내가 발걸음이 더 빨랐는지 두 사람의 그림자가 점점 커지기 시작했다. 한 사람은 여자인 듯했다. 내 발소리를 들었는지 10간 정도 떨어진 거리까지 다가갔을 때 남자가 갑자기 뒤를 돌아보았다. 달은 뒤에서부터 비치고 있었다. 그때 남자의 모습을 보고 나는 「아하!」 싶었다. 남자와 여자는 다시 조금 전처럼 걷기 시작했다. 나는 생각한 바가 있어서 갑자기 전속력으로 쫓아갔다. 앞에 있는 두 사람은 아무것도 깨닫지 못한 채 처음처럼 천천히 발걸음을 떼고 있었다. 이제는 무슨 말을 하고 있는지도 다 들려왔다. 제방은 폭이 6자 정도로 간신히 세 명이 나란히 걸을 수 있을 만한 넓이였다. 나는 별로 힘들이지 않고 뒤따라 붙어서 남자의 옷소매를 스치 듯 앞질러나가 두 걸음 앞섰을 때쯤 휙 하고 몸을 돌려 남자의 얼굴을 들여다보았다. 정면에 있는 달이 내 짧게 쳐올린 머리에 서부터 턱이 있는 데까지를 사정없이 비추고 있었다. 사내는 「엇!」 하는 작은 소리를 올리더니 갑자기 옆을 보고 이제 돌아가 자며 여자를 재촉하기 바쁘게 온천이 있는 마을 쪽으로 돌아섰다.

　빨강셔츠가 뻔뻔스럽게 입을 다물 생각이었는지, 배짱이 없어서 아는 체를 못했던 것인지는 알 수 없다. 마을이 좁아터져서 곤란한 것은 나뿐만이 아니었다.

8

빨강셔츠가 권해서 낚시를 갔다온 이후부터 고슴도치를 의심하기 시작했다. 있지도 않은 일을 꾸며서 하숙방을 비워달라고 말했을 때는 참으로 무례한 녀석이라고 생각했다. 그런데 회의에서는 내 생각과는 달리 끝내 학생 엄벌론을 펼쳤기에 나는 좀 이상하다며 고개를 갸우뚱거렸다. 하기노 할머니에게서 고슴도치가 마른 호박을 위해 빨강셔츠와 담판을 지었다는 소리를 들었을 때는 거참 기특하다며 손뼉을 쳤다. 이런 점들로 미루어보아 고슴도치가 나쁜 사람일 리가 없었다. 빨강셔츠가 비뚤어져 있어서, 적당히 해낸 억측을 마치 사실인 양, 그것도 빙빙 돌려서 내 머릿속에 쑤셔 넣은 것이 아닐까 하고 고민을 하고 있던 차에 노제리가와의 제방에서 마돈나를 데리고 산책하는 모습을 보았기에 그날 이후부터 빨강셔츠가 수상한 놈이라고 생각하고 있었다. 수상한 놈인지 어떤 놈인지는 몰랐지만 어쨌든 좋은 사내는 아니었다. 겉과 속이 다른 사내였다. 인간은 대나무처럼 곧지 않으면 믿음직스럽지가 못하다. 올곧은 사람과는 싸움을 해도 기분이 좋다. 빨강셔츠처럼 다정하고, 친절하고, 고상하며 호박 파이프를 자랑스레 내보이는 녀석은 마음을 놓을 수가 없다. 싸움도 거의 할 수 없을 것이라고 생각했다. 싸움을 한다 하더라도 씨름판에서처럼 속 시원하게 싸울 수는 없을 것이라고 생각했다. 그런 면에서 따지자면 1센 5린 때문에 교무실 전체를 놀라게 했던 논의의 상대인 고슴도치가 훨씬 더 인간답다. 회의를 할 때 움푹 파인 눈을 휘둥그렇게 뜨고 나를 노려봤을 때는 참 미운 녀석이라고 생각했지만 나중에 생각해보니 그것도 빨강셔츠의 끈적끈적하고 살살거리는 듯한 목소리보다는 낫다. 사실 그 회의가 끝난 뒤에 이제 그만 화해를 하려고 한두 마디 말을 걸어보았지만 녀석이 대답도 하질 않고 다시 눈을 부라리기에 나도 화가 나서 그대로 내버려두었다.

그 이후로 고슴도치는 나와 말도 하지 않았다. 책상 위에 올려놓았던 1센 5린은 아직도 책상 위에 놓여 있었다. 먼지를 뒤집어 쓴 채 놓여 있었다. 물론 나는 손을 댈 수가 없었다. 고슴도치도 결코 가져가질 않았다. 이 1센 5린이 둘 사이의 장벽이 되어 나는 말을 하고 싶어도 할 수가 없었다. 고슴도치는 고집스레 입을 다물고 있었다. 나와 고슴도치 사이에는 1센 5린이 가로놓여 있었다. 결국에는 학교에 가서 1센 5린을 보는 일이 괴로워졌다.

고슴도치와 내가 절교한 사람들처럼 보이는 데 반해서 빨강 셔츠와 나는 여전히 예전과 같은 관계를 유지하며 교제를 계속 해왔다. 노제리가와에서 만난 다음 날에는 학교에 나오자마자 제일 먼저 내 곁으로 다가와 「선생님, 이번 하숙은 마음에 드시나요?」「다음에 다시 한 번 러시아 문학을 낚으러 갑시다.」 등 여러 가지 말들을 걸어왔다. 나는 조금 얄미운 생각이 들어서 「어제는 두 번이나 만났죠.」라고 말했더니 「네, 정류장에서

……. 선생님은 언제나 그 시간에 나가시나요? 조금 늦지 않나요?」라고 물었다. 「노제리가와의 제방에서도 만났죠.」라고 한 방 먹였더니 「아니 나는 그쪽에는 가지 않아요. 목욕을 마치고 바로 돌아왔어요.」라고 대답했다. 그렇게 숨길 필요도 없는 일이다. 실제로 만났으니. 거짓말을 잘하는 사내다. 이런 녀석이 중학교 교감을 하다니, 나는 대학 총장도 할 수 있을 것이다. 나는 결국 이때부터 빨강셔츠를 믿지 않게 되었다. 믿지 못하는 빨강셔츠와는 말을 하면서 감탄을 한 고슴도치와는 말을 하지 않았다. 세상은 참 알 수 없는 것이다.

어느 날, 빨강셔츠가 「잠깐 선생님과 이야기를 하고 싶으니 우리 집까지 와주시길 바랍니다.」라고 하기에 좀 아쉽기는 했지만 온천을 하루 결석하고 4시쯤에 찾아가보았다. 빨강셔츠는 독신이었지만 교감인 만큼 하숙은 먼 옛날에 때려치우고 훌륭한 집에서 살고 있었다. 집세는 9엔 50센이라고 한다. 시골에 와서 9엔 50센만 주면 이런 집에 들어갈 수 있다니, 나도 큰맘 먹고 집을 빌린 다음, 도쿄에 있는 기요를 불러들여 기요를 기쁘게 해주고 싶다는 생각이 들 정도로 훌륭한 집이었다. 내가 왔다는 것을 알리자 빨강셔츠의 동생이 나와서 안내를 해주었다. 이 동생이라는 녀석은 학교에서 내게 대수와 산술을 배우는 극히 머리가 나쁜 아이였다. 그런 주제에 도회에서 온 녀석이라고 시골 토박이들보다 더 사람이 좋지 않았다.

빨강셔츠를 만나 용건을 물어보니 예의 그 호박 파이프로 탄내가 나는 담배 연기를 피워 올리면서 이런 말을 했다. "선생님

이 온 뒤로, 전임자가 있을 때보다 성적이 올라서 교장선생님도 아주 좋은 사람을 얻었다며 기뻐하시고……. 어쨌든 학교에서도 선생님을 믿고 있으니 그 점을 잊지 말고 공부해주시기 바랍니다."

"네? 그렇습니까? 공부라면, 지금보다 더 공부를 할 수는 없습니다."

"지금 정도면 충분해요. 단, 전에 말씀드렸던 점, 그 점만 잊지 않으시면 됩니다."

"하숙을 봐주는 사람은 위험하다는 말말입니까?"

"그렇게 노골적으로 말하면 별 의미도 없는 일이 되어버리지만……. 상관없겠지……. 정신만은 선생님에게도 잘 전달되었으리라 생각하니까. 그래서 하는 말인데 선생님께서 지금처럼만 열심히 해주신다면 학교 측에서도 다 지켜보고 있으니 조금 더 형편이 좋아지기만 하면 조금이라도 좋은 대우를 해주리라 생각하는데……."

"네? 월급 말씀인가요? 월급 같은 건 아무래도 상관없지만 오른다면 그러는 편이 더 낫겠죠."

"그래서 하는 말인데 이번에 다행스럽게도 한 분이 전근을 가게 돼서……. 뭐 교장선생님하고 이야기를 해보지 않는 이상 확실하게 보장할 수는 없지만……. 그 봉급부터 어떻게 해볼 수 있을지 모르니 그렇게 되도록 교장선생님과 이야기를 나눠보려고 합니다."

"정말 감사합니다. 누가 전근을 갑니까?"

"곧 발표를 할 테니 말해도 상관없겠죠. 그게, 고가 선생님입니다."

"고가 선생님은 이 고장 출신이 아닙니까?"

"이곳 사람이기는 하지만 조금 사정이 있어서⋯⋯. 반은 본인이 희망한 겁니다."

"어디로 갑니까?"

"휴가41)에 있는 노베오카(延岡)로⋯⋯. 지역이 지역인 만큼 호봉이 하나 올라서 가게 되었습니다."

"다른 사람이 대신 오나요?"

"대신 올 사람도 거의 다 결정이 났습니다. 그 대신 오는 분의 처우에 따라서 선생님의 대우도 결정될 겁니다."

"이거 감사합니다. 하지만 억지로 올려주시지 않아도 상관없습니다."

"어쨌든 나는 교장선생님께 말씀드릴 생각입니다. 대체로 교장선생님도 같은 의견일 것이라고 생각됩니다만, 따라서 선생님께서 좀 더 일을 해주시지 않으면 안 될지도 모르겠으니 모쪼록 지금부터 그런 생각으로 각오를 하고 계시기 바랍니다."

"지금보다 수업이라도 늘어납니까?"

"아니요, 수업은 지금보다 줄어들지도 모르겠지만⋯⋯."

"수업은 주는데 일은 더 합니까? 거참 이상하네."

"언뜻 들어서는 묘하게 들릴지도 모르겠지만⋯⋯. 아직은 확실하게 말할 수 없지만⋯⋯. 그러니까 선생님에게 좀 더 중대한 책임을 맡기게 될지도 모른다는 의미죠."

무슨 말인지 하나도 모르겠다. 지금보다 중대한 책임이라면 수학 주임을 말하는 것일 텐데 주임은 고슴도치이고 녀석이 그만둘 기미는 조금도 보이질 않았다. 그리고 학생들에게 인망을 얻고 있으니 전근이나 면직은 학교에게도 득이 될 게 하나도 없다. 빨강셔츠의 말은 언제나 잘 알아들을 수가 없었다. 잘 알아들을 수는 없었지만 용건은 그것으로 끝이었다. 그런 다음 잠깐 잡담을 하는 동안 마른 호박의 송별회를 한다는 둥, 그리고 내게 술을 마시는지도 물어보는 둥, 마른 호박 선생은 군자로 사랑 받아 마땅한 사람이라는 둥 빨강셔츠는 여러 가지 말들을 했다. 심지어는 갑자기 내게 「선생님은 단가를 읊으십니까?」라고 묻기에 이거 큰일 났다 싶어서 「단가는 읊지 않습니다. 안녕히 계십시오.」하고 서둘러 집으로 돌아왔다. 단가는 바쇼[42]나 시간을 주체하지 못하는 사람이 읊는 것이다. 수학선생이 나팔꽃에게 두레박을 빼앗겨서야[43] 말이 되겠는가?

돌아와서 한참 생각에 잠겼다. 세상에는 참으로 속을 알 수 없는 사내가 다 있는 법이다. 집안은 물론 근무하고 있는 학교에도 무엇 하나 부족한 점이 없는 고향이 제아무리 싫어졌다고는 하지만 낯선 타향으로 고난을 찾아가다니. 그것도 화려한 도시에 전차가 다니는 곳이라면 몰라도 휴가의 노베오카라니, 이게 무슨 말인가? 나는 그나마 배가 자주 들어오는 이곳에 왔음에도 불구하고 채 한 달이 지나기도 전에 벌써 집으로 돌아가버리고 싶어졌다. 노베오카라면 산골 중에서도 산골, 깊은 산골이다. 빨강셔츠의 말에 의하면 배에서 내려 하루

종일 마차를 타고 미야자키까지 간 뒤, 거기서 다시 하루 종일 인력거를 타고 들어가야만 하는 곳이라고 한다. 이름만 들어도 탁 트인 곳이 아니라는 사실을 알 수 있을 것 같았다. 원숭이와 사람이 반씩 섞여서 살고 있을 것 같은 기분이 들었다. 마른 호박이 제아무리 성인이라 할지라도 스스로 원숭이를 상대하고 싶어 할 리는 없을 텐데, 뭐가 뭔지 모르겠다.

그때 평소와 다름없이 할머니가 저녁 밥상을 들고 들어왔다. 「오늘도 또 감자예요?」라고 물어보았더니 「아녀유. 오늘은 두부여유.」라고 한다. 그게 그거 아닌가?

"할머니, 고가 선생님이 휴가로 간다지요?"

"정말 가엾어유."

"가엾으나 마나 좋아서 가는 거니 하는 수 없죠."

"좋아서 간다구유? 누가 그른디유?"

"누가 그러다니? 본인이요. 고가 선생님이 좋아서 가는 거 아닌가요?"

"에구 선상님두. 그건 말두 안 되는 소리쥬."

"말도 안 되는 소릴까요? 지금 막 빨강셔츠가 그렇게 말했는데요. 그게 말도 안 되는 소리라면 빨강셔츠는 거짓말쟁이겠네요?"

"교감선상님이 그르케 말했다문 그를지도 모르것지만, 고가 선상님이 가고 싶어 하지 않는 것두 사실이여유."

"그렇다면 양쪽 다 옳다는 말이죠? 할머니는 공평해서 좋아요. 대체 어떻게 된 일이죠?"

"오늘 아침, 고가 선상님 어머니가 오셔서 사정을 전부 말씀허셨구먼유."

"어떤 사정을 말씀하셨나요?"

"그 집도 아버지가 돌아가신 뒤로 울덜이 생각헌 거보다 더 형편이 안 좋아졌는지 엄니가 교장선상님께 부탁을 혀서 근무헌 지도 벌써 4년이 지났응께 지발 매달 받는 걸 쪼깐 올려달라구 혔구먼유, 글씨."

"그랬군요."

"교장선상님이 알겠다구, 생각혀보겠다구 말씀허셨다는디. 그랴서 어머님두 안심허구 바루 월급이 오를 거라며 이제나 저제나 눈이 빠져라 기다리구 있는디 교장선상님이 잠깐 보자고 고가 선상님을 불러서 가봤더니, 안됐지만 학교에는 돈이 부족혀서 월급을 올려주지 못헌다. 허지만 노베오카에 빈자리가 있는디 거기서는 다달이 5엔 더 준다고 허니 딱 맞을 거 같어서 그르케 처리를 혔으니 가도록 허게, 혔다는구먼유. ……."

"그건 합의가 아니라 명령이잖아요."

"그려유. 고가 선상님이 다른 디 가서 월급 더 받느니 전처럼 받아두 상관없으니 여기 있고 싶다, 집도 있구 엄니도 있으니 하구 부탁을 혔지만 이미 그르케 결정을 헌 뒤고 고가 선상님 뒤에 올 사람도 구혔으니 허는 수 없다구 교장선상님이 말씀허셨디유."

"엉뚱한 사람을 바보로 만들어놓고 뭐가 재밌다고? 그럼 고가 선생님은 가고 싶은 마음이 없는 거네요? 어쩐지 이상하다 싶었어. 5엔 더 받자고 그런 산 속으로 원숭이를 상대하러 갈 멍청이는 없을 테니까요."

"멍청이유? 선상님 말인가유?"

"아무렴 어때요? 이건 완전히 빨강셔츠의 작전이야. 나쁜 짓이야. 속임수야. 그래놓고는 내 월급을 올려주겠다니 이런 말도 안 되는 소리가 어딨어? 올려준다고 해서 내가 올리게 그냥 둘 거 같아?"

"선상님은 월급이 오르셔유?"

"올려준다고 했지만 거절할 생각이에요."

"왜 거절혀유?"

"왜고 자시고 거절이다. 할머니 그 빨강셔츠는 바보예요. 비겁하고."

"비겁혀두, 선상님. 월급을 올려주겠다문 가만히 받는 거이 젤루다 좋은 거 아닐까유? 젊었을 때는 화두 잘 내구 허지만, 나이 먹은 댐에 생각혀보문 쪼매 더 참았으면 좋았을 걸 아깝다, 괜히 화를 내서 손해를 봤다구 생각허는 것이 인지상정이지유. 늙은이 말대루 빨강샤쓰가 월급을 올려준다구 허문 고맙게 받아두셔유."

"노인네가 쓸데없는 참견하지 마세요. 월급이 오르든지 말든지 그건 내 월급이니까."

할머니는 말없이 물러났다. 할아버지는 게으른 목소리로 창을 부르고 있었다. 창이란, 그냥 읽으면 알 걸 가지고 쓸데없이 어려운 곡조를 붙여서 일부러 알아먹기 힘들게 만드는 기술을

말하는 것일 게다. 그런 걸 매일 밤 쉬지도 않고 부르는 할아버지의 마음을 알 수가 없었다. 나는 지금 창이 문제가 아니었다. 월급을 올려준다고 하기에 별로 필요하지는 않았지만 쓸데없이 돈을 남겨두는 것도 아깝다는 생각이 들어서 알았다고 허락한 것인데, 전근 가고 싶지도 않은 사람을 억지로 전근 가게 만들어 놓고 그 사람의 월급을 벗겨먹겠다니 그런 몰인정한 처사가 어디 있는가? 본인이 그냥 이대로 머물겠다고 하는데도 노베오카라는 산골짜기로 내몰다니 대체 무슨 생각을 하고 있는 건지? 다자이 곤노소쓰44)도 하카다(博多) 부근에서 머물렀다. 가와이 마타고로45)도 사가라(相良)에서 멈추지 않았는가? 어쨌든 빨강셔츠네 집으로 가서 거절을 하고 오지 않으면 마음이 편치 않을 것 같았다.

두꺼운 천으로 된 하카마46)를 걸치고 다시 집을 나섰다. 커다란 현관에 버티고 서서 사람을 불렀더니 이번에도 아까 그 동생이 나와서 문을 열어주었다. 내 얼굴을 보더니 「또 왔어?」하는 눈치였다. 일이 있으면 두 번이고, 세 번이고 온다. 오밤중에 두들겨 깨울지도 모른다. 교감 댁에 눈치나 살피러 오는 사람이라는 오해를 받아서 쓰겠는가? 이래봬도 월급이 필요 없어서 돌려주러 온 사람이다. 그런데 동생이 지금 손님이 와 계신다기에 현관에서라도 좋으니 잠깐 뵙고 싶다고 말했더니 안으로 들어갔다. 발밑을 내려다보니 짚으로 바닥을 엮은 남자용 얇은 나막신이 있었다. 안쪽에서 「이제 만사 해결됐습니다.」라는 목소리가 들려왔다. 손님이란 광대였다는 사실을 알 수

있었다. 광대가 아니고서는 저렇게 간살맞은 목소리를 내고, 이런 광대 같은 나막신을 신을 사람이 없었다.

잠시 후에 빨강셔츠가 램프를 들고 현관까지 나와서「자, 안으로 들어오세요. 손님이란, 다름 아니라 요시카와 선생이에요.」라고 말하기에「아니요, 여기서 충분합니다. 잠깐만 얘기하면 됩니다.」라고 말하며 빨강셔츠의 얼굴을 보니 긴토키[47]처럼 얼굴이 벌겋다. 광대와 한잔하고 있는 듯했다.

"조금 전에 내 월급을 올려준다고 하셨는데 생각이 조금 바뀌어서 거절하러 왔습니다."

빨강셔츠는 램프를 앞으로 내밀고 그 너머에서 내 얼굴을 들여다보았지만 갑작스러운 말에 대답을 못하고 멍하니 서 있었다. 월급을 올려주겠다는데도 거절하는 녀석이 세상에 한 명 나타났다는 사실을 못 믿는 것인지, 거절을 할 때 하더라도 조금 전에 돌아갔다가 바로 다시 찾아와서 할 필요는 없지 않느냐며 어리둥절해 하는 것인지, 혹은 두 개가 하나로 합쳐진 것인지 묘한 입모양을 한 채 서서 말이 없었다.

"아까 승낙을 한 것은 고가 선생이 자기가 원해서 전근을 가는 것이라고 들었기 때문으로……."

"고가 선생님은 순전히 자기가 원해서 전근을 가는 거예요."

"그렇지 않습니다. 여기에 있고 싶어 합니다. 월급을 올려주지 않아도 좋으니 고향에 남고 싶어 합니다."

"선생님, 고가 선생님한테 그런 말을 들었나요?"

"이건 본인에게서 들은 얘기가 아닙니다."

"그럼, 누구한테 들었죠?"

"우리 하숙집 할머니가, 고가 선생님의 어머님께 들은 얘기를 오늘 내게 해주었습니다."

"그럼 하숙집 할머니가 그렇게 얘기한 거군요?"

"네, 그렇습니다."

"실례지만 얘기가 조금 다릅니다. 선생님 말씀대로라면 하숙집 할머니의 말은 믿을 수 있어도 교감의 말은 믿을 수 없다는 뜻으로 들리는데, 그렇게 해석해도 상관없겠습니까?"

나는 조금 난처함을 느꼈다. 문학사란 역시 대단한 사람이다. 엉뚱한 꼬투리를 잡아 끈적끈적 들러붙는다. 나는 아버지에게 곧잘 「너는 성질이 급해서 글러먹었다. 글러먹었다.」는 말을 듣곤 했는데 과연 성질이 조금 급하긴 급한가보다. 할머니의 말을 듣고 깜짝 놀라서 뛰쳐나왔지만 사실은 마른 호박에게도 마른 호박의 어머니에게도 자세한 사정을 듣지 않았던 것이다. 따라서 문학사처럼 들러붙으면 이를 막아낼 재간이 없다.

막아낼 재간이 없기는 하지만 나는 이미 마음속에서 빨강셔츠에 대한 불신임안을 제출해버렸다. 하숙집 할머니도 욕심 많은 구두쇠임에는 틀림없지만 거짓말은 하지 않는 여자였다. 빨강셔츠처럼 겉과 속이 다른 사람은 아니었다. 나는 하는 수 없이 이렇게 대답했다.

"선생님의 말씀이 사실일지도 모르겠지만……. 어쨌든 월급은 더 받지 않겠습니다."

"그건 더 이상한데요, 지금 선생님이 일부러 오신 것은 월급을 더 받을 수 없는 이유를 발견했기 때문인 것처럼 들렸는데, 내 설명으로 그럴 이유가 없어졌음에도 불구하고 월급을 더 받기를 거절한다는 것은 좀 이해하기 어렵습니다."

"이해 못 하실지도 모르겠지만 어쨌든 거절하겠습니다."

"그렇게 싫으시다면 억지로 받으라고는 하지 않겠지만 그렇게 두어 시간 만에 특별한 이유도 없이 돌변하면 앞으로 선생님의 신용에 문제가 생깁니다."

"문제가 생겨도 상관없습니다."

"그렇지 않아요. 인간에게 신용보다 더 중요한 게 없지요. 설사 하숙집 주인이……."

"주인이 아니라 할머니입니다."

"누구든 상관없습니다. 하숙집 할머니가 선생님에게 한 말이 사실이라 하더라도 선생님의 월급이 오르는 것은 고가 선생님의 소득을 깎아서 얻는 것이 아닙니다. 고가 선생님은 노베오카로 가십니다. 그 대신 사람이 옵니다. 그 새로 오는 사람은 고가 선생님보다 조금 적게 받기로 되어 있습니다. 그 나머지를 선생님에게 드리는 것이니 선생님은 그 누구도 가엾게 생각할 필요가 없습니다. 고가 선생님은 지금부터 노베오카로 가시고 새로 오는 분은 처음부터 약속을 해서 월급을 덜 받습니다. 그래서 선생님 월급이 오를 수 있다면 이보다 더 좋은 일도 없을 거라 생각하는데요. 정 싫으시다면 어쩔 수 없지만 집에 돌아가셔서 다시 한 번 생각해보지 않으시겠습니까?"

나는 머리가 그다지 좋지 않기 때문에 상대방이 이렇게 교묘한 말을 하면 평소에는 「아, 그런가? 그럼 내가 잘못 생각했나보다.」라고 생각하고 물러서지만, 오늘밤만은 그럴 수가 없었다. 여기에 처음 왔을 때부터 빨강셔츠는 어딘지 마음에 들지 않았다. 도중에 친절한 여자 같은 사내라고 생각한 적은 있었지만 그것이 친절도 아무것도 아닌 듯했기에 그 반동의 결과로 지금은 더욱 싫어졌다. 그렇기 때문에 상대방이 제아무리 능란하게 논리적으로 말을 해도, 당당한 교감답게 내 입을 막아도 그런 것에는 상관하지 않았다. 논의를 잘하는 사람이 선인이라는 보장은 없다. 말문이 막힌 사람이 악인이라는 보장은 없다. 겉보기에는 빨강셔츠 쪽이 훨씬 더 그럴듯해 보이지만 겉모습이 제아무리 훌륭하다 하더라도 마음까지 사로잡을 수 있는 것은 아니다. 돈이나 위력, 논리로 인간의 마음을 살 수 있다면 고리대금업자나 순사, 대학교수 모두 사람들에게 존경을 받지 않으면 안 된다. 중학교 선생 정도의 논법으로 어찌 내 마음을 움직일 수 있겠는가? 인간은 좋고 싫음에 따라서 움직이는 법이다. 논법으로 움직이는 게 아니다.

"선생님의 말씀은 매우 옳지만 저는 월급을 올려 받기가 싫어졌으니 거절하겠습니다. 생각해봐도 답은 마찬가집니다. 안녕히 계십시오."라고 내뱉고 문을 나섰다. 머리 위에 은하수가 한 줄기 걸려 있었다.

9

마른 호박의 송별회가 있던 날 아침, 학교에 나갔더니 고슴도치가 갑자기 「전에는 이카긴이 와서 자네가 난폭해서 어려움을 겪고 있으니 어떻게 좀 나가게 해달라고 부탁을 하기에, 진심으로 받아들이고 자네에게 나가라고 했던 것인데 나중에 얘기를 들어보니 그 녀석이 나쁜 녀석으로, 곧잘 가짜 그림이나 글에 위조한 낙관(落款)을 찍어 팔았다고 하니 자네에 대한 얘기도 완전히 엉터리일 것이 틀림없네. 자네에게 족자나 골동품을 팔아서 장사를 해보려고 생각했는데 자네가 사질 않아 돈벌이가 안 되니까 그런 거짓을 꾸며서 사람을 속인 거야. 내 그 사람에 대해서 잘 몰랐기에 자네에게 큰 실례를 범했네. 용서해주기 바라네.」라며 장황하게 사죄를 해왔다.

나는 아무 말 없이 고슴도치의 책상 위에 있던 1센 5린을 집어다 내 지갑 안에 넣었다. 고슴도치가 「자네 그걸 다시 가져가는 건가?」라고 이상하다는 듯이 묻기에 「나는 자네에게 언어먹기 싫어서 꼭 갚으려고 했네만 그 뒤로 점점 생각을 해보니 그래도 역시 언어먹는 편이 나을 것 같아서 다시 가져오는 걸세.」라고 설명을 했다. 고슴도치는 커다란 목소리로 「아하하하.」하고 웃으며 「그럼 왜 빨리 가져가지 않은 거지?」라고 물었다. 「실은, 가져와야지, 가져와야지 하고 생각했지만 어딘가 좀 이상해서 그대로 놓아두었네. 요즘에는 학교에 와서 1센 5린을 보는 게 괴로울 정도로 싫었어.」라고 말했더니, 「자네는 정말 지기 싫어하는 사람이군.」이라고 말하기에 「자네는 정말 고집불통일세.」라고 대답해주었다. 그 다음에 두 사람은 이런 말을 주고받았다.

"자네 대체 어디 출신인가?"

"나는 도쿄사람이야."

"그래? 도쿄사람이야? 어쩐지 지길 싫어한다 싶었어."

"자네는 어딘가?"

"나는 아이즈(会津)야."

"아이즈야? 그래서 그렇게 고집불통이구먼. 오늘 송별회에 갈 건가?"

"당연히 가야지. 자네는?"

"나도 물론 가야지. 고가 선생님이 떠날 때는 항구까지 마중을 나갈 생각이라네."

"한번 참석해보게. 송별회는 아주 재밌어. 오늘은 마음껏 마실 생각이라네."

"마시든지 말든지 맘대로 하게. 나는 안주만 먹고 바로 돌아갈 걸세. 술을 먹는 녀석들은 바보들이야."

"자네는 금방 싸움을 거는 성미구먼. 역시 도쿄사람의 가벼운 성격을 잘 보여주고 있어."

"아무래도 상관없네. 송별회에 가기 전에 우리 집에 잠깐 들러주게. 할 얘기가 있어."

고슴도치는 약속한 대로 내 하숙을 찾아왔다. 나는 그 동안, 마른 호박의 얼굴을 볼 때마다 가엾어서 견딜 수가 없었는데 드디어 송별회를 하는 날이 되자 너무나도 가엾어서 가능하다면 내가 대신 가주고 싶다는 생각이 들기 시작했다. 그래서 송별회에서 한바탕 연설이라도 해서 가는 길에 힘을 북돋아주고 싶었지만 내 도쿄 말투로는 도저히 힘을 북돋아줄 수 있을 것 같지가 않아서 커다란 목소리를 내는 고슴도치를 기용하여 가장 먼저 빨강셔츠의 간담을 서늘하게 만들어야겠다는 생각이 들었기에 일부러 고슴도치를 부른 것이었다.

나는 우선 마돈나 사건부터 이야기를 시작했는데 고슴도치는 마돈나 사건에 대해서 나보다 더 자세히 알고 있었다. 내가 노제리가와의 제방에서 있었던 일을 얘기한 뒤 「그 녀석은 바보다.」라고 말했더니 고슴도치는 「자네는 누구에게나 바보라고 하는가? 오늘 학교에서 나보고도 바보라고 하지 않았는가? 내가 바보라면 빨강셔츠는 바보가 아닐세. 나는 빨강셔츠와 같은 부류가 아니니까.」라고 주장했다. 「그럼 빨강셔츠는 얼간이, 멍청이다.」라고 말했더니 「그럴지도 모르겠군.」이라며 고슴도치는 내 의견에 동의를 표했다. 고슴도치는, 강하기는 강했지만 이런 말에 있어서는 나보다 훨씬 더 못 미쳤다. 아이즈 사람들이란 대체로 그런 모양이었다.

그런 다음, 월급 인상 사건과 앞으로 중용을 하겠다던 빨강셔츠의 말을 했더니 고슴도치는 「흥!」하고 콧방귀를 뀌면서 「그럼

나를 자를 생각이구먼.」이라고 말했다. 「자를 생각이라고 자네는 잘릴 건가?」라고 물었더니 「누가 잘린대? 내가 잘리는 날은 빨강셔츠도 같이 잘리는 날일세.」라고 호언장담을 했다. 「어떻게 같이 자를 생각인가?」라고 되물었더니 거기까지는 아직 생각하지 않았다고 한다. 고슴도치는 강해 보이기는 하지만 그렇게 지혜로운 것 같지는 않았다. 내가 월급 인상을 거절했다고 말하자 아주 기뻐하며 「과연 도쿄사람답구먼. 아주 잘했어.」라고 칭찬을 했다.

마른 호박이 그렇게 싫어하는데도 어째서 유임(留任) 운동을 해주지 않았냐고 물었더니 마른 호박으로부터 이야기를 들었을 때는 이미 모든 일이 결정된 상태여서, 교장을 두 번, 교감을 한 번 찾아가 이야기를 해봤지만 어찌해볼 도리가 없었다는 것이었다. 이것도 다 고가가 사람이 너무 좋아서 벌어진 일이었다. 빨강셔츠가 이야기를 꺼냈을 때 단호하게 거절하거나, 일단 한번 생각해보겠다며 그 자리를 모면했으면 될 것을, 그 말주변에 속아 넘어가서 즉석에서 허락을 해버렸기에 후에 어머니가 찾아가서 울며 호소해도, 자신이 담판을 지으러 가도 소용이 없었던 것이라며 매우 아쉬워했다.

이번 사건은 빨강셔츠가 마른 호박을 멀리 내쫓아 마돈나를 완전히 자기 손에 넣기 위해서 부린 책략이라고 내가 말하자 「거야 뻔한 얘기지. 녀석은 사람 좋은 얼굴을 하고 다니지만 나쁜 계략을 꾸미고 누가 뭐라고 하면 도망갈 구멍을 파놓고 기다리는 녀석이니 여간 간사한 놈이 아니야. 그런 녀석들은

주먹맛을 봐야 말을 들어.」라고 말하며 울퉁불퉁한 팔뚝을 걷어붙였다. 나는 말이 나온 김에 「자네 팔심이 아주 세 보이는데. 유도라도 하고 있나?」라고 물어보았다. 그랬더니 두 팔뚝에 힘을 주고 「한번 만져보게.」라고 말하기에 손가락 끝으로 문질러 보았더니 마치 온천에 있는 속돌 같았다.

내가 너무 놀라서 「그 정도 팔뚝이라면 빨강셔츠 대여섯 명은 한꺼번에 날려버릴 수 있겠는데.」라고 말했더니 「당연하지.」라고 말하면서 굽혔던 팔을 폈다 접었다 하자 알통이 빙빙 가죽 안에서 맴돌았다. 더할 나위 없이 보기 좋았다. 고슴도치의 말에 의하면 종이로 꼰 새끼를 두 줄 정도 합쳐서 그 알통이 나오는 부분에 감고 팔을 굽히면 뚝 하고 끊어진다고 한다. 종이로 꼰 새끼라면 나도 할 수 있을 것 같다고 말했더니 「안 될 걸. 할 수 있으면 한번 해보게.」라고 말했다. 끊지 못하면 안 좋은 소문이 날 것 같아서 다음에 하기로 했다.

「이봐 어때? 오늘 송별회에서 마음껏 마신 뒤에 빨강셔츠와 광대를 패주면 어떻겠는가?」라고 반 장난삼아서 물었더니 고슴도치는 「글쎄.」라며 생각에 잠겼다가 「오늘밤에는 그만두기로 하세.」라고 말했다. 왜냐고 물었더니, 「오늘은 고가를 위로해야지. 그리고 어차피 패줄 거라면 녀석들이 나쁜 짓 하기를 기다렸다가 현장에서 패주지 않으면 우리들이 걸려들 거야.」라며 제법 분별 있는 사람처럼 말을 했다. 고슴도치라도 나보다는 생각이 깊은 듯했다.

「그럼 연설을 해서 고가 선생님을 크게 칭찬해주게. 내가

하면 도쿄의 가벼운 말투 때문에 박력이 없을 거야. 그리고 그런 자리에 나가면 갑자기 가슴이 두근거리고 커다란 덩어리가 목구멍을 막아버려서 말이 나오질 않으니 자네에게 양보하겠네.」라고 말했더니 「거참, 묘한 병이로구먼. 그럼 자네는 사람들 앞에선 말을 하지 못한다는 얘기지? 거참 불편하겠는걸.」이라고 말하기에 「뭐, 그렇게 불편하지는 않네.」라고 대답했다.

그러는 동안에 시간이 되어 고슴도치와 함께 회장으로 갔다. 회장은 가신테이(花晨亭)라고 하는 이 근방에서 제일가는 요릿집이라고 하는데 나는 한 번도 가본 적이 없었다. 원래 장관의 집이었던 것을 사들여 그대로 개업했다고 하는데 과연 그에 걸맞게 보기에도 으리으리해 보였다. 장관의 집이 요릿집이 된다는 것은, 갑옷 위에 두르는 망토를 잘라서 방한복을 만드는 것과 같은 일이다.

두 사람이 도착했을 때는 사람들이 대부분 모여 있어서 50첩의 넓은 방 안에 두세 개의 무리들이 형성되어 있었다. 50첩인만큼 장식공간이 아주 훌륭하고 넓었다. 내가 야마시로야에서 점령했던 15첩짜리 방에 있던 것과는 비교도 되지 않을 정도였다. 재보니 2간이나 되었다. 오른쪽에 붉은 무늬가 들어간 세토모노48)를 놓고 그 안에 커다란 소나무가지를 꽂아놓았다. 소나무가지를 꽂아놓고 어쩌자는 것인지는 모르겠지만 몇 개월이 지나도 시들지 않으니 돈은 절약돼서 좋으리라. 「저 세토모노는 어디서 온 거죠?」라고 과학교사에게 물었더니 「저건 세토모노가 아닙니다. 이마리49)입니다.」라고 말했다. 「이마리도 세토

모노 아닌가요?」라고 물었더니 과학은 「헤헤헤헤.」웃었다. 나중에 물어보았더니 세토에서 나는 도자기라서 세토모노라고 부르는 것이라고 한다. 나는 도쿄사람이라 도자기는 전부 세토모노라고 부르는 줄 알고 있었다. 장식공간 한가운데 커다란 족자가 있었는데 내 얼굴만큼 커다란 글자가 28자 적혀 있었다. 아무리 봐도 엉망이다. 너무 엉망이어서 한문선생에게 왜 저렇게 엉망인 글씨를 당당하게 걸어놓은 거냐고 물었더니 선생이 그것은 가이오쿠[50]라는 유명한 서예가가 쓴 것이라고 가르쳐주었다. 가이오쿠인지 뭔지는 모르겠지만 나는 아직도 악필이라고 생각한다.

　얼마 지나지 않아서 서기인 가와무라가 「자, 이제 자리에 앉아주십시오.」라고 말하기에 기둥이 있어서 기대기 편한 자리에 앉았다. 가이오쿠의 족자 앞에 너구리가 하오리와 하카마 차림으로 자리를 잡자 그 왼쪽에 역시 같은 차림을 한 빨강셔츠가 자리를 잡았다. 오른쪽에는 오늘의 주인공이라는 이유로 마른 호박 선생이, 역시 기모노 차림으로 자리를 잡았다. 나는 양복이었기에 무릎을 꿇고 앉기가 불편해서 곧 양반다리를 했다. 옆에 있는 체육교사는 검은 바지를 입고 잘도 꿇어앉아 있었다. 체육교사인 만큼 단련을 많이 한 모양이었다. 곧 음식이 나왔다. 술병들이 늘어섰다. 서기가 일어나서 개회사를 한마디 했다. 그리고 너구리가 일어나고, 빨강셔츠가 일어나고. 처음부터 끝까지 송별의 말을 했는데 세 사람 모두 입을 맞추기라도 한 듯이 마른 호박은 좋은 교사이자 훌륭한 인물이라는 점을

강조하고, 이번에 떠나게 된 일은 매우 안타까운 일이다, 학교 입장에서뿐만 아니라 개인적으로도 매우 애석한 일이지만 일신 상의 이유로 어쩔 수 없이 전근을 희망하게 된 것이니 하는 수 없는 일이라는 뜻의 말을 했다. 그런 거짓말을 해가면서 송별회를 열어놓고도 조금도 부끄러워하는 기색이 없었다. 세 사람 중에서 특히 빨강셔츠가 마른 호박을 가장 칭찬했다. 이렇게 좋은 친구를 잃게 되는 것은 자신에게 있어서 참으로 커다란 불행이라고까지 말했다. 그 말투가 너무나도 그럴듯했 고, 그 부드러운 목소리를 더욱 부드럽게 하여 말을 했기에 처음 듣는 사람이라면 누구나 틀림없이 속아 넘어가리라. 아마 마돈나도 저런 식으로 꼬였을 것이다. 빨강셔츠가 송별의 말을 하고 있는 동안 건너편에 앉아 있던 고슴도치가 내 얼굴을 보며 잠시 눈을 번뜩였다. 나는 그에 대한 답으로 검지로 눈 아래를 까뒤집어 보였다.

빨강셔츠가 자리에 앉자 마치 기다렸다는 듯이 고슴도치가 벌떡 자리에서 일어났기에 나는 기뻐서 나도 모르게 손뼉을 쳤다. 그러자 너구리를 비롯한 모든 사람들이 일제히 나를 봤기에 조금 당황하지 않을 수 없었다. 고슴도치가 무슨 말을 하나 봤더니 「지금 교장선생님을 비롯해서 특히 교감선생님은 고가 선생님의 전근을 매우 애석하게 생각하신다고 말씀하셨지 만 나는 그와는 반대로 고가 선생님이 하루라도 빨리 이 땅에서 떠나주기를 바랍니다. 노베오카는 벽지로 물질적인 면에서는 이곳보다 불편할 것입니다. 하지만 들리는 소문에 의하면 풍습

이 매우 소박한 곳으로 직원, 학생 모두가 꾸밈없이 솔직하다고 합니다. 마음에도 없는 그럴듯한 말을 떠들어대거나, 사람 좋은 척하며 군자를 곤경에 빠뜨리는 잘난 녀석은 단 한 사람도 없을 것이라 믿어 의심치 않기 때문에 선생님 같이 온후하고 선한 선비는 틀림없이 그 지방의 환영을 받을 것이라고 생각됩니다. 저는 고가 선생님을 위해서 이 전근을 매우 축하하는 바입니다. 마지막으로 선생님께서 노베오카로 가시면 그 지방의 숙녀 중 군자의 배필이 될 만한 자격을 갖춘 사람을 골라 하루라도 빨리 원만한 가정을 꾸리셔서 예의 부정하고 정조 없고 경박한 여자를 사실상 참사시키기를 바랍니다. 에헴, 에헴.」 두 번 정도 마른기침을 한 뒤에 자리에 앉았다. 나는 이번에도 박수를 치고 싶었지만 사람들이 전부 내 얼굴을 보는 게 싫어서 그만두기로 했다. 고슴도치가 자리에 앉자 이번에는 마른 호박 선생이 일어났다. 선생은 예의바르게도 자기 자리에서 말석으로 자리를 옮겨 정중하게 모든 사람들에게 인사를 한 뒤, 「오늘밤, 일신상의 이유로 규슈로 가게 된 저를 위해서 모든 선생님들께서 성대한 송별회를 열어주신 점 진심으로 감사드립니다. 특히 조금 전에는 교장선생님, 교감선생님 및 그 외의 모든 분들이 송별의 말씀을 해주셨는데 그 말씀 가슴 깊이 간직하겠습니다. 저는 지금부터 먼 곳으로 떠나지만 잊지 마시고 예전처럼 저를 성원해주시기 바랍니다.」라고 말한 뒤 공손하게 자리로 돌아갔다. 마른 호박은 대체 얼마나 사람이 좋은 것인지, 그 속내를 알 수가 없었다. 자신을 이처럼 무시하고

있는 교장이나 교감에게 공손하게 인사를 하다니. 그것도 형식적인 인사라면 모르겠지만, 그의 모습이나 말투, 얼굴표정으로 봐서는 진심으로 감사를 하고 있는 듯했다. 이런 성인군자가 진심으로 감사의 말을 하면 가엾다는 생각이 들어서 얼굴을 붉힐 만도 한데 너구리나 빨강셔츠는 진지한 얼굴로 그것을 듣고 있을 뿐이었다.

인사가 끝나자 여기서 후루룩, 저기서 후루룩 하는 소리가 들려왔다. 나도 흉내를 내서 국물을 먹어보았는데 맛이 없었다. 입맛을 돋우라고 생선이 나오기는 했지만 시커먼 것이 어묵을 만들다 만 것 같았다. 생선회도 놓여 있었지만 너무 두꺼워서 참치 살을 날것으로 뜯어먹는 느낌이었다. 그런데도 옆에 있는 사람들은 맛있다는 듯이 덥석덥석 잘도 먹는다. 아마 도쿄 음식은 먹어본 적도 없을 것이다.

그러는 동안에 술잔이 빈번하게 오가기 시작하더니 사방이 갑자기 시끄러워졌다. 광대는 공손하게 교장 앞으로 나가서 술잔을 받고 있었다. 밉살맞은 녀석이다. 마른 호박은 순서대로 술을 따르며 한 바퀴 돌 생각인 듯 보였다. 이래저래 고생이다. 마른 호박이 내 앞으로 와서 「한잔 받겠습니다.」라고 하카마를 바로 잡으며 말을 하기에 나도 불편하기는 했지만 바지를 입은 채로 무릎을 꿇고 앉아 한 잔 따라주었다. 「이렇게 만나자마자 헤어져야 하다니 정말 안타깝습니다. 언제 떠나십니까? 꼭 항구까지 배웅을 나가겠습니다.」라고 말했더니 마른 호박은 「아닙니다. 바쁘실 텐데 그럴 필요 없습니다.」한다. 마른 호박이

뭐라고 하든 나는 학교를 하루 쉬고 배웅할 생각이었다.

그리고 한 시간 정도 지나자 자리가 상당히 어지러워지기 시작했다. 「자, 한 잔. 어허, 내가 마시라는데도……」하며 혀가 제대로 돌아가지 않는 사람들도 하나 둘, 나타나기 시작했다. 조금 심심해져서 화장실에 갔다가 옛 모습이 남아 있는 정원을 별빛에 비춰보고 있자니 고슴도치가 나왔다. 「어때? 조금 전의 연설, 아주 잘했지?」라며 자랑스레 말한다. 「나도 동감이네만 한 군데 마음에 들지 않는 곳이 있어.」라고 불만을 토로했더니 「어디가 마음에 들지 않았나?」라고 묻는다.

"착한 척 군자를 곤경에 빠뜨리는 잘난 녀석은 노베오카에 없기 때문에……라고 자네는 말하지 않았나?"

"그랬지."

"잘난 녀석만으로는 부족하다네."

"그럼 뭐라고 해야 하지?"

"잘난 녀석에, 사기꾼, 야바위꾼, 양의 탈을 쓴 놈, 싸구려 장사치, 쥐새끼, 앞잡이, 개 같은 놈이라고 말을 해야지."

"나는 그렇게 말을 잘하지 못하네. 자네는 말을 잘하는구먼. 단어를 많이 알고 있지 않나. 그런데 연설을 못하다니, 거 참 이상하군."

"아니, 이건 싸움을 할 때 쓰려고 준비해둔 말일세. 연설을 할 때는 이렇게 못해."

"그런가? 하지만 술술 잘도 나오는데. 어디 다시 한 번 해보게."

"몇 번이고 해주지. 좋았어. 바보, 멍청이, 사기꾼, 야바위꾼…….."

이렇게 막 시작을 했는데 마룻바닥을 쿵쿵 울리면서 두 사람이 비틀비틀 뛰쳐나왔다.

"자네들……. 너무 하는군, 도망치다니……. 내가 있을 때는 도망칠 생각 말게. …… 사기꾼? ……재밌군. 사기꾼, 재밌어. …… 자 마시자고."

이렇게 말하며 고슴도치와 나를 힘껏 잡아당겼다. 원래 이두 사람은 화장실에 가려고 나왔다가 취한 탓에 화장실 가는 것도 잊고 우리 두 사람을 잡아끌고 있는 것이리라. 술꾼들은 눈앞의 일에만 급급하고 그 전의 일은 잊어버리는 모양이다.

"자, 여러분 사기꾼들을 데리고 왔습니다. 술을 주십시오. 사기꾼들이 찍소리도 못할 때까지 먹입시다. 자네, 도망치면 안 되네."

이렇게 말하며 도망칠 생각도 하지 않고 있는 나를 벽 쪽으로 밀어붙였다. 전체를 둘러보니 상 위에 안주가 제대로 남아 있는 것이 하나도 없었다. 자기 몫을 깨끗이 먹어치우고 멀리로 원정에 나선 녀석까지 있었다. 교장은 언제 돌아갔는지 모습이 보이지 않았다.

그때 "어느 방?"이라는 소리가 들리더니 기생이 서너 명 들어왔다. 나는 조금 놀랐지만 벽으로 떠밀려 있었기에 가만히 바라보기만 했다. 그러자 그때까지 기둥에 기대서 예의 호박 파이프를 자랑스레 입에 물고 있던 빨강셔츠가 갑자기 일어나서

방 밖으로 나가려고 했다. 문에서 들어오던 기생 한 명이 스쳐 지날 때 웃으며 인사를 했다. 그중에서 가장 젊고 가장 예쁜 기생이었다. 멀어서 잘 들리지는 않았지만, 「어머, 오늘밤에는 기운이 없네요.」라고 말한 듯했다. 빨강셔츠는 모르는 척하고 밖으로 나간 채 돌아오질 않았다. 아마 교장 뒤를 따라서 돌아간 듯했다.

기생이 들어오자 방 안이 갑자기 활기를 띠면서 모든 사람들이 소리 높여 환영이라도 하듯 시끄러워지기 시작했다. 어떤 녀석은 홀짝 놀이를 하기도 했다. 그 목소리가 얼마나 컸던지 마치 검도 연습을 하는 듯했다. 이쪽에서는 가위바위보를 했다. 「가위, 바위, 보」 열심히 양손을 흔드는 모습은 꼭두각시 인형보다 훨씬 더 볼 만했다. 저쪽 구석에서는 「이봐 술 따라.」하며 술병을 흔들어보더니 「술 가져와, 술.」이라고 외쳤다. 도무지 시끄럽고 정신이 없어서 견딜 수가 없었다. 그 가운데서 할일 없이 밑을 바라본 채 생각에 잠겨 있는 것은 마른 호박뿐이었다. 송별회를 열어준 것은 전근을 가는 것이 안타까워서가 아니다. 모두 술을 마시며 놀기 위해서 연 것이다. 홀로 할일 없이 괴로워하고 있지 않은가? 이런 송별회라면 열지 않는 편이 나을 것이다.

잠시 후에 하나씩 돌아가면서 음정이 맞지도 않는 굵은 목소리로 노래를 부르기 시작했다. 내 앞에 온 기생 한 명이 「선생님도 노래 하나 하세요.」하며 샤미센[51]을 끌어안기에 「나는 안 불러. 네가 불러봐.」라고 말했더니, 「꽹과리, 북으로 길 잃은

산타로를, 쿵쿵쾅, 쿵따라라. 두드리며 돌아다니면 만날 수 있다면 나도 꽹과리, 북으로 쿵쿵쾅, 쿵따라라. 두드리며 돌아다녀 만나고 싶은 사람이 있다네.」라고 두 소절을 부른 뒤, 「아, 힘들어라.」한다. 그렇게 힘들면 좀 더 쉬운 노래를 하면 될 것을.

그러자 어느 틈엔가 옆으로 와 앉았던 광대가 「가엾은 스즈 (鈴), 님을 만났는가 싶었는데 바로 돌아가버려 서운해 하는 저 모습을 보시라.」하며 변사 같은 목소리로 말을 했다. 「무슨 소리예요?」라며 기생이 새침하게 대답했다. 광대는 바로 「아, 우연히 만나기는 만났지만⋯⋯.」이라며 이상한 소리로 변함없이 변사 흉내를 냈다. 「그만 해요.」라며 기생이 손바닥으로 광대의 무릎을 치자 광대는 미친 듯이 기뻐하며 웃었다. 이 기생은 빨강셔츠에게 인사를 한 기생이었다. 기생에게 맞고 웃다니, 광대도 참 속없는 녀석이다. 「스즈, 내 기노쿠니(紀伊の 国)를 출 테니 한 곡조 뜯어줘.」라고 말했다. 기생에게 맞고도 춤까지 출 모양이었다.

저쪽에서는 한문을 가르치는 노인네가 이가 빠져버린 입을 우물거리며 「안 들려요. 덴베에 씨, 당신과 나 사이에는⋯⋯.」까지는 무사히 마쳤지만 「다음이 뭐였더라?」라며 기생에게 물었다. 할아버지란 기억력이 좋지 않은 법이다. 다른 기생이 과학을 붙들고 앉아서 「얼마 전에 이런 걸 배웠어요. 불러볼까요? 잘 들어보세요. 안 보이네⋯⋯. 꽃단장한 머리, 하얀 리본을 단 머리, 타고 있는 건 자전거, 타고 있는 건 바이올린」 어쩌고저

찌고 하며 서툰 영어로 「I am glad to see you」라고 불렀더니 과학은 「아하, 재미있는데. 영어가 들어갔구먼.」이라며 감탄을 했다.

고슴도치는 지붕이 날아갈 듯한 커다란 목소리로 「기생, 기생」 부르더니 「내가 검무를 출 테니 샤미센을 뜯어봐.」라며 호령을 했다. 기생은 너무나도 거친 목소리였기에 어안이 벙벙해서 대답도 하질 못했다. 그러든지 말든지 고슴도치는 지팡이를 들고 와서 「답파천산만악연(踏破千山萬岳煙)」하며 한가운데서 홀로 재주를 펼쳐 보였다. 그러는 동안 광대는 이미 기노쿠니를 마쳤고, 갓포레[52]를 마쳤으며, 선반 위의 오뚝이를 마치고, 아랫도리만 겨우 가린 벌거숭이가 되어 종려나무 빗자루를 옆구리에 낀 채 「청일회담 결렬되어……」라며 방 안을 휩쓸고 다녔다.

나는 아까부터 괴로운 표정으로 하카마도 벗지 않고 앉아 있는 마른 호박이 불쌍해서 견딜 수가 없었는데, 제 아무리 자신의 송별회라고는 하지만 아랫도리만 겨우 가리고 추는 춤을 하오리까지 걸친 채 참고 볼 필요는 없을 것이라 생각했기에 곁으로 가서 「고가 선생님, 그만 돌아갑시다.」라며 물러나자고 권해보았다. 그러자 마른 호박은 「오늘은 제 송별회인데 제가 먼저 가는 건 예의가 아니지요. 그냥 신경 쓰지 마세요.」라며 움직일 기미를 보이지 않았다. 「그런 거 신경 쓸 필요 없어요. 송별회면 송별회답게 해야죠. 저 꼴들을 한번 보세요. 이건 미친놈들 모임이지. 자 그만 갑시다.」라며 움직이지 않으려는

사람을 억지로 끌고 밖으로 나오려고 하는데 광대가 빗자루를 흔들며 다가와서는 「야, 주인공이 먼저 돌아가다니, 말도 안 돼. 청일회담이다. 꼼짝 마라.」라며 빗자루를 옆으로 뉘여 앞길을 막아섰다. 나는 아까부터 화가 나 있었기에 「청일회담이라면 너는 되놈이냐?」라며 주먹으로 느닷없이 광대의 머리를 쿵 내리쳤다. 광대는 2, 3초 정도 넋 빠진 표정으로 멍하니 서 있다가 「아이고, 어떻게 이럴 수가 있어? 주먹을 휘두르다니. 이 요시카와를 때리다니 어떻게 이럴 수가? 에잇, 진짜 청일회담이다.」라며 영문 모를 소릴 하는 동안 뒤쪽에 있던 고슴도치가 무슨 소동이 일어난 줄 알고 검무를 그만두고 뛰쳐나와 이 모습을 보더니 갑자기 광대의 목 줄기를 끌어안아 제 쪽으로 잡아당겼다. 「청일……. 아야, 아파. 이건 폭력이다.」라며 버둥 거리는 녀석을 옆으로 비틀었더니 쿵하고 쓰러져버렸다. 그 뒤로 어떻게 됐는지는 모르겠다. 도중에 마른 호박과 헤어져 집으로 돌아오니 11시가 넘은 시각이었다.

10

승전회[53)]가 있는 날이었기에 학교 수업은 없었다. 연병장에서 식이 거행되기 때문에 너구리는 학생들을 인도해서 참가하지 않을 수 없었다. 나도 직원의 한 사람으로서 함께 따라가야 했다. 시내로 나서자 온통 일장기로 어지러울 정도였다. 학교 학생의 숫자가 800명이나 되기에 체육교사가 줄을 맞춰서 세운 다음 반과 반 사이에 조금씩 간격을 두게 했고, 그 사이사이에 직원이 한두 사람씩 감독을 위해서 껴들었다. 언뜻 아주 훌륭하고 교묘한 것처럼 보였지만 실제로는 허술하기 짝이 없었다. 학생들은 아직 어릴 뿐만 아니라 시건방져서 규율을 어기지 않는 건 학생들의 체면 문제라고 생각하고 있는 녀석들이기 때문에 직원이 몇 명 따라간다 해도 아무런 도움도 되질 않았다. 시키지도 않았는데 제멋대로 군가를 부르기도 하고 군가가 끝나면 「와」하며 뜻을 알 수 없는 함성을 올리기도 하고, 마치 부랑자들이 거리를 휩쓸고 다니는 듯한 모습이었다. 군가도 부르지 않고, 함성도 올리지 않을 때는 웅성웅성 이야기를 해댔다. 말을 하지 않아도 충분히 걸을 수 있을 것 같은데 일본 사람들은 입만 살아서 아무리 잔소리를 해도 듣질 않는다. 얘기도 그냥 얘기가 아니라 교사들의 험담을 해대니 비열하기 짝이 없다. 숙직 사건으로 학생들에게 사과를 받아낸 나는

「뭐, 이 정도면 됐겠지.」라고 생각하고 있었다. 하지만 실제로는 그렇지가 않았다. 하숙집 할머니의 말을 빌리자면 그건 그야말로 말도 안 되는 소리였다. 학생들이 사과를 한 것은 진심으로 뉘우쳤기 때문에 사과를 한 것이 아니었다. 그저 교장의 명령에 따라 형식적으로 머리를 숙인 것일 뿐이었다. 장사치들이 머리만 숙일 뿐, 교활한 짓은 그만두지 않는 것처럼 학생들도 사죄만 할 뿐, 장난은 결코 멈추지 않는 법이다. 잘 생각해보면 세상은 전부 이 학생들 같은 사람들로 이루어져 있는지도 몰랐다. 사람이 사죄하거나 사과하는 것을 진심으로 받아들이고 용서를 하는 것은 바보 같이 정직한 사람이나 하는 짓인가 보다. 사과도 거짓으로 하는 것이니 용서도 거짓으로 해주면 되는 것이라고 생각하면 틀림없을 것이다. 만약 정말로 사과를 받아낼 생각이라면, 정말로 후회를 할 때까지 두들겨 패지 않으면 안 된다.

내가 반과 반 사이로 끼어들자 튀김메밀국수, 떡꼬치라는 말들이 끊임없이 들려왔다. 여럿이 함께 모여 있기에 누가 한 소리인지 알 수가 없었다. 만약 알아냈다 하더라도 「선생님한테 튀김메밀국수라고 한 게 아닙니다. 떡꼬치라고 한 게 아닙니다. 그건 선생님이 신경쇠약에 걸려서 그렇게 들리는 겁니다.」라고 말할 게 뻔했다. 이런 비열한 근성은 봉건시대 때부터 길러온 이 땅의 습관일 테니 아무리 말을 해도, 아무리 가르쳐주어도 도저히 고칠 수 없을 것이다. 이런 곳에서 1년만 있으면 결백한 나도 저렇게 변해버릴지 모르겠다. 상대가 제 빠져나갈 구멍을 다 만들어놓고 내 얼굴에 먹칠을 하는데 그것을 그냥

보아 넘길 멍청이가 어디 있겠는가? 상대가 사람이라면 나도 사람이다. 학생이라고는 하지만, 어린아이들이라고는 하지만 덩치는 나보다 크다. 그러니 어떤 형벌로든 복수를 해주지 않으면 안 된다. 하지만 복수를 할 때 어쭙잖은 방법으로 하면 오히려 역습을 당할 가능성이 있다. 「네 녀석들이 나쁘기 때문이다.」라고 말하면 처음부터 도망갈 구멍을 파놓고 하는 짓이니 끝끝내 이쪽을 몰아세울 것이다. 이쪽을 몰아세워 놓고 자신은 겉모습만 번지르르하게 꾸민 뒤, 이쪽의 약점을 공격한다. 처음부터 복수에 나선 것이니 이쪽의 변호는 상대의 약점을 잡지 않는 한 변호가 되질 못한다. 결국에는 상대가 먼저 시비를 걸었는데도 남들 눈에는 이쪽이 먼저 싸움을 건 것처럼 보인다. 아주 불리하다. 그렇다고 상대편이 하는 대로 가만히 내버려두면 상대방은 더욱 신이 나서, 좀 과장되게 말하자면 세상이 제대로 돌아가질 않게 된다. 그러니 하는 수 없이 이쪽도 상대방이 쓰는 수법을 사용하여 꼬리를 잡히지 않는, 상대방이 손을 쓸 수 없는 복수를 하지 않으면 안 된다. 그렇게 되면 도쿄사람이라는 자부심이고 뭐고 다 쓸데없는 것이 되어버린다. 쓸데없는 게 되어버리지만 1년이나 이런 식으로 당한다면 나도 인간이니 불물 가리지 않고서는 결판을 낼 수가 없다. 아무래도 도쿄로 빨리 돌아가서 기요와 함께 사는 게 가장 좋을 것 같다. 이런 시골에 머문다는 것은 타락을 하러 온 것이나 다름없는 일이다. 신문배달을 하는 한이 있어도 이렇게 타락하는 것보다는 나을 것이다.

이런 생각을 하면서 마지못해 따라가고 있는데 앞쪽에서 갑자기 웅성거리는 소리가 들리기 시작했다. 그와 동시에 대열이 행진을 멈췄다. 무슨 일인가 하고 줄 오른쪽으로 나와서 앞쪽을 바라보니 오테마치(大手町)를 앞에 두고 야쿠시마치(薬師町)로 돌아 들어가는 길목에서 대열이 멈춰선 채, 밀고 당기며 실랑이를 벌이고 있었다. 앞쪽에서 「조용히, 조용히.」 소리를 높이며 다가온 체육교사에게 무슨 일이냐고 물었더니 갈림길에서 중학교와 사범학교가 충돌을 했다는 것이다.

중학교와 사범학교는 어딜 가나 개와 원숭이처럼 사이가 좋지 않다고 한다. 무슨 이유에선지 모르겠지만 기질이 맞지 않는다. 무슨 일만 있으면 싸움을 한다. 좁아터진 시골에서 할일이 없어서 시간을 죽이려고 하는 일일 것이다. 나는 싸움을 좋아하는 편이었기에 「충돌」이라는 말을 듣고 재미삼아서 앞쪽으로 가보았다. 그러자 앞쪽에 있는 녀석들이 「뭐야, 세금으로 학교를 다니는 주제에. 물러나라.」고 외쳐댔다. 뒤쪽에서는 「밀어붙여. 밀어붙여.」라는 커다란 목소리가 들려왔다. 내가 앞을 가로막고 있는 학생들을 헤집고 조금 더 앞으로 나가려고 한 순간 「앞으롯!」하는 높고 날카로운 목소리가 들리더니 사범학교 쪽이 엄숙하게 행진을 시작했다. 앞을 다투던 충돌은 결판이 난 듯한데 결국은 중학교가 한발 양보하기로 한 것이다. 자격으로 보더라도 사범학교가 위라고 한다.

승전식은 매우 간단한 것이었다. 여단장이 축사를 낭독하고, 지사가 축사를 낭독했다. 참가자들이 만세를 외쳤다. 그것으로 끝이었다. 여흥은 오후부터 시작된다고 하기에 우선은 하숙으로 돌아와 전부터 쓰려고 마음먹고 있었던 기요의 편지에 대한 답장을 쓰기 시작했다. 이번에는 좀 더 자세하게 써달라고 했으니 가능한 한 정성을 들여서 써야 한다. 그런데 막상 편지지를 꺼내 들고 보니 쓰고 싶은 말은 많은데 무슨 말부터 써야할지를 모르겠다. 「이것부터 시작할까? 이건 귀찮아. 저것으로 할까? 저건 재미없어. 뭔가 술술 써내려갈 수 있고, 힘도 들지 않고, 기요가 재미있어 할 만한 얘기가 없을까?」 생각을 해보니 이 모든 일을 만족할 만한 사건은 없는 듯했다. 나는 먹을 갈고, 붓을 적시고, 편지지를 노려보고……, 편지지를 노려보고, 붓을 적시고, 먹을 갈고……; 같은 동작을 몇 번이고 반복하다가 결국 「나는 편지를 쓸 팔자가 아닌가보다.」라며 포기하고 벼루 뚜껑을 덮어버렸다. 편지를 쓰는 것은 귀찮다. 역시 도쿄까지 가서 직접 얼굴을 보면서 이야기를 하는 게 더 간단하다. 기요가 걱정을 하고 있다는 사실을 모르는 바는 아니었지만 기요가 말한 대로 편지를 쓰는 것은 삼칠일 동안 단식을 하는 것보다 더 괴로운 일이다.

나는 붓과 편지지를 내던지고 벌렁 누워서 팔베개를 한 채 정원 쪽을 바라보았지만 그래도 기요가 마음에 걸렸다. 그래서 나는 이렇게 생각했다. 이렇게 멀리 떨어져 있지만 기요를 걱정하는 마음만 있다면 내 진심이 틀림없이 기요에게도 전달될 거야. 전달되기만 한다면 편지 같은 건 쓰지 않아도 되지. 아무 소식도 없으면 무사히 잘 살아가고 있는 거라고 생각하겠지.

편지는 죽었을 때나 병에 걸렸을 때, 무슨 일이 일어났을 때만 보내면 되는 거야.

정원은 평평한 땅이 10평 정도로 특별한 나무도 심겨져 있지 않았다. 단, 귤나무 한 그루가 있었는데 담장 밖에서도 알아볼 수 있을 만큼 컸다. 나는 집에 돌아오면 언제나 이 귤나무를 바라본다. 도쿄에서 벗어나본 적이 없는 사람에게 귤이 달려 있는 풍경은 매우 진기한 풍경이다. 저 파란 열매가 점점 익어서 노랗게 변해가는 것일 텐데 틀림없이 아름다울 것이다. 벌써 색이 반쯤 노랗게 변한 것들도 있다. 할머니에게 물어보니 수분이 아주 많은 굉장히 맛있는 귤이라고 한다. 곧 익을 테니 마음껏 먹으라고 했으니까 매일 조금씩 먹어야겠다. 앞으로 3주일만 더 지나면 충분히 먹을 수 있을 것이다. 설마 3주 안에 이곳을 떠나는 일은 없으리라.

내가 귤에 대해서 생각을 하고 있는데 갑자기 고슴도치가 할 말이 있다며 찾아왔다. 「오늘은 승전을 축하하는 날이라 자네와 함께 먹으려고 소고기를 사왔네.」라며 대나무 잎으로 싼 것을 소매에서 끄집어내 방석 한가운데로 던졌다. 나는 하숙집에서 감자와 두부 공세에 시달리고 있을 뿐만 아니라 메밀국수집, 떡꼬치집 출입을 금지 당하고 있는 형편이었기에 이게 웬 떡이냐 싶어서 바로 할머니에게 냄비와 설탕을 빌려다 삶기 시작했다.

고슴도치는 소고기를 볼이 터져라 입에 넣으면서 「자네, 빨강셔츠가 기생과 친하게 지내고 있다는 사실을 알고 있는가?」

라고 묻기에 「알고 있지. 요전, 마른 호박 송별회에 들어왔던 기생 중 한 명이지?」라고 말했더니 「맞아. 나는 얼마 전에 간신히 눈치를 챘는데 자네 꽤 민첩하구먼.」이라며 칭찬을 했다.

"녀석, 말로는 품성이 어쩌구, 정신적 오락이 저쩌구 하면서 뒷구멍으로는 기생과 관계를 맺는 무례한 녀석이야. 그것도 다른 사람이 노는 것을 눈감아주면 모르겠지만 자네가 메밀국수집과 떡꼬치집에 들어가는 것조차 감시를 했다가 좋질 않다며 교장의 입을 통해서 주의를 주도록 하질 않았는가?"

"맞아. 그 녀석 말대로 하자면 기생과 놀아나는 것은 정신적 오락이고, 메밀국수나 떡꼬치는 물질적 오락이지. 정신적 오락이라면 좀 더 떳떳하게 할 일이지. 뭐야 그 꼬락서니는. 친하게 지내는 기생이 들어오자마자 바로 자리에서 일어나 도망을 치고, 늘 그렇게 사람을 속일 생각만 하고 있어서 마음에 들지 않아. 그래놓고서 남이 공격을 할라치면 나는 모른다는 둥, 러시아 문학이 어떻다는 둥, 단가가 신체시의 형제라는 둥의 말을 지껄여 사람을 혼란스럽게 만든단 말이야. 그렇게 나약한 녀석은 사내가 아니야. 시녀가 환생을 한 걸 거야. 어쩌면 그 녀석 아버지는 유시마(湯島)에서 남창 노릇을 하던 사람일지도 몰라."

"유시마에서 남창 노릇을 하던 사람이라니? 건 또 뭔가?"

"어쨌든 남자답지 못하다는 얘기야. …… 이봐, 그건 아직 익지 않았어. 그런 걸 먹으면 기생충이 생긴다고."

"그래? 뭐, 괜찮겠지. 아무튼 빨강셔츠는 사람들 눈을 피해 온천마을에 있는 가도야(角屋)로 가서 기생을 만난다고 하네."

"가도야라면, 그 여관을 말하는 건가?"

"여관 겸 요릿집이지. 그러니까 그 녀석을 혼내주는 가장 좋은 방법은, 그 녀석이 기생을 데리고 거기로 들어가기를 기다렸다가 면박을 주는 거야."

"기다리다니, 불침번이라도 설 건가?"

"그래야지. 가도야 앞에 마스야(枡屋)라는 여관이 있지? 거기 이층을 빌려서 창호지에 구멍을 뚫어놓고 지켜볼 거야."

"지켜볼 때 올까?"

"오겠지. 어차피 하룻밤 가지고는 안 될 거야. 이주일 정도 할 각오를 해야지."

"아주 피곤할 텐데. 아버지가 돌아가실 때 일주일 정도 간병을 하며 밤을 새운 적이 있었는데 나중에는 머리가 멍하고 힘이 빠지더라고."

"몸이 조금 피곤해도 참아야지. 그런 간사한 녀석을 그대로 내버려두면 우리나라를 위해서도 좋지 않으니 내가 하늘을 대신해서 절단을 낼 거야."

"재밌겠군. 일이 결정되면 나도 합세를 하겠네. 그래, 오늘밤부터 불침번을 설 건가?"

"아직 마스야에 얘기를 못해서 오늘은 안 돼."

"그럼 언제부터 시작할 생각인가?"

"바로 시작할 걸세. 아무튼 자네에게도 알려줄 테니 그때가 되면 합세를 해주게."

"알겠네. 언제라도 합세하지. 내, 꾀는 없지만 싸움에서는 그래도 잽싼 편이니까."

나와 고슴도치가 빨강셔츠 퇴치작전을 짜고 있는데 하숙집 할머니가 와서 「핵교 학상이 하나 훗타 선상님을 뵙겠다고 찾아왔는디유. 좀 전에 선상님 댁에 갔는디 안 계셔서 혹시 여기 기신가 허구 찾으러 왔디유.」라며 문지방에 무릎을 기대고 서서 고슴도치의 답을 기다렸다. 고슴도치는 「그렇습니까?」라 며 현관까지 나갔다가 바로 돌아와서는 「이보게, 학생이 승전식 여흥을 보러 가자고 왔다네. 오늘은 고치(高知)에서 춤을 추러 일부러 여기까지 많은 사람들이 왔다고 하니 한번 보러 가세. 좀처럼 볼 수 없는 춤이라고 하니 자네도 함께 가세.」라며 고슴도치는 매우 기대를 하고 있는 눈치로 내게 동행할 것을 권했다. 춤이라면 나는 도쿄에서 신물이 나도록 봐왔다. 매해 하치만(八幡) 신을 위한 축제 때가 되면 신주(神主)를 모신 가마가 시내를 돌기 때문에 『바닷물 퍼올리기[54]』든 어떤 춤이 든 다 잘 알고 있었다. 도사(土佐) 지방의 어쭙잖은 춤 같은 것은 보고 싶지도 않았지만 고슴도치가 권하기에 한번 가보자는 생각이 들어 결국 문을 나서고 말았다. 고슴도치를 부르러 온 것은 다름 아닌 빨강셔츠의 동생이었다. 묘한 일이 아닐 수 없었다.

회장으로 들어서니 무슨 씨름판이나 오에시키[55]처럼 긴 깃발을 몇 줄로 군데군데 심어놓았고, 세계 만국의 국기를 전부 빌려왔나 싶을 정도로 줄에서 줄, 새끼에서 새끼에 걸어놓아 커다란 하늘이 전에 없이 화려하게 보였다. 동쪽 한 구석에 밤새도록 만든 무대가 있는데 거기서 그 고치의 무슨 춤을 춘다고 한다. 무대에서 오른쪽으로 50m 정도 떨어진 곳에 갈대로 만든 발을 쳐놓고 거기서 꽃꽂이를 전시하고 있었다. 모두들 감탄의 눈빛으로 바라보고 있지만 정말 시시하기 짝이 없다. 저렇게 풀이나 대나무를 구부려놓고 기뻐할 바에야 차라리 곱사등이 정부나 절름발이 남편을 자랑하는 편이 나을 게다.

무대 반대편에서는 끊임없이 불꽃을 쏘아올렸다. 불꽃 속에서 풍선이 나왔다. 「제국만세」라고 적혀 있었다. 성곽의 소나무 위로 두둥실 떠오르더니 병영 속으로 떨어졌다. 다음에는 평 하는 소리와 함께 검고 둥근 떡이 휙 하고 가을 하늘을 꿰뚫듯 오르더니 그것이 내 머리 위에서 쩍 벌어지며 푸른 연기가 우산의 뼈대처럼 벌어져 둥실둥실 하늘 위로 흘러갔다. 다시 풍선이 올랐다. 이번에는 「육해군만세」라고 붉은 천에 하얗게 염색한 것이 풍선에 매달려 온천마을에서 아이오이무라 쪽으로 날아갔다. 아마 관음보살님이 있는 경내에 떨어질 것 같았다.

식이 거행될 때는 그렇게 많지 않았는데 지금은 사람들이 아주 많이 나와 있었다. 시골에도 이렇게 많은 사람들이 살고 있었나 싶을 정도로 바글바글했다. 똘똘해 보이는 얼굴은 그다지 찾아볼 수 없었지만 숫자만 놓고 보자면 무시할 수가 없었다. 얼마 지나지 않아서 그 유명하다는 고치의 무슨 춤이 시작되었다. 춤이라고 하기에 후지마56)나 그런 부류의 춤일 것이라고 지레짐작하고 있었는데 그건 커다란 착각이었다.

하카마를 입은 사내들이 엄숙해 보이는 머리띠를 뒤로 두르고 무릎을 끈으로 묶은 채 10명 정도씩 무대 위에 3열로 늘어서 있었는데, 그 30명이 하나하나 칼집에서 뽑은 칼을 늘어뜨리고 있는 데는 간담이 서늘해지지 않을 수 없었다. 앞뒤열의 간격은 겨우 1자 5치 정도일 것이다. 좌우의 간격은 그보다 짧았으면 짧았지 길지는 않았다. 딱 한 명 줄에서 떨어져 무대 끝에 서 있는 사람이 있을 뿐이었다. 이 무리에서 떨어져 있는 사내는, 하카마를 입고는 있었지만 머리띠는 두르지 않았으며 칼 대신 가슴에 큰북을 걸고 있었다. 북은 다이카구라[57] 때 쓰는 북과 같은 것이었다. 이 사내가 드디어 「이야아, 하아아」라고 천천히 소리를 낸 뒤, 묘한 노래를 부르며 북을 「덩더쿵, 덩더쿵」 두드리기 시작했다. 노래의 가락은 들어본 적이 없는 기묘한 것이었다. 미카와만자이[58]와 후다라쿠[59]를 합쳐놓은 것이라고 생각하면 틀림없을 것이다.

노래는 아주 느려서 마치 여름철 물엿처럼 축축 늘어졌지만, 마디마디에 「덩더쿵, 덩더쿵」을 삽입했기에 한없이 늘어지는 듯해도 박자는 맞출 수 있었다. 이 박자에 맞춰서 30명이 든 칼날이 번쩍번쩍 빛을 발했는데 이는 매우 날렵한 솜씨로 보고만 있어도 식은땀이 났다. 옆에서도 뒤에서도 1자 5치 이내에서 살아 있는 사람이 날이 선 칼을 자신과 같은 동작으로 휘두르고 있으니 완벽하게 동작이 일치하지 않으면 동료를 베어 상처를 입히게 된다. 그것도 움직이지 않고 칼날만 앞뒤로, 상하로 휘두르는 것이라면 그나마 덜 위험하겠지만 30명이 한꺼번에 버티고 섰다가 옆을 향할 때가 있었다. 빙글 돌 때도 있었다. 무릎을 굽힐 때도 있었다. 옆에 있는 사람이 1초라도 빠르거나 느리면 자신의 코가 나가떨어질지도 모른다. 옆 사람의 머리를 벨지도 모른다. 칼을 자유롭게 놀리기는 했지만 움직일 수 있는 범위가 사방 1자 5치 거리에 있는 기둥 안으로 한정되어 있기 때문에 전후좌우에 있는 사람과 같은 방향을 향하여 같은 속도로 휘둘러야만 한다. 놀라지 않을 수 없었다. 『바닷물 퍼올리기』나 『세키노토[60]』 같은 것에 비할 바가 아니었다. 들어보니 이것은 상당한 숙련이 필요한 것으로 쉽사리 저처럼 일사불란하게 움직일 수는 없다고 한다. 특히 어려운 것은 저 박자를 맞추는 「덩더쿵」 선생이라고 한다. 30명이 발과 손의 움직임, 허리를 접었다 폈다 하는 움직임을 모두 이 「덩더쿵」 선생의 박자에 맞춰서 하는 것이라고 한다. 이 대장이 가장 한가로이 「이야아, 하아아」하며 편안하게 노래를 부르고 있는 듯한데 사실은 책임이 막중하고 아주 힘든 일이라니 참으로 신기한 일이다.

고슴도치와 내가 넋을 놓고 이 춤을 보고 있는데 반 정도 떨어진 곳에서 갑자기 「왓」하는 함성 소리가 들리더니, 지금까지 조용히 춤을 지켜보고 있던 무리들이 물결치듯 좌우로 움직이기 시작했다. 「싸움이다. 싸움이 났다.」라는 소리가 들리더니 인파를 헤치고 온 빨강셔츠의 동생이 「선생님, 또 싸움이에요. 중학교 쪽에서 오늘 아침에 있었던 일을 복수하겠다고

다시 사범학교 녀석들이랑 결판을 내고 있어요. 빨리 와보세요.」라고 말한 뒤, 다시 인파 속으로 들어가 어디론가 사라져버렸다.

고슴도치는 「정말 귀찮은 녀석들이군. 또 시작이야? 작작 좀 하지.」라고 말하며 도망치는 사람들 틈을 비집고 단숨에 달려갔다. 그냥 두고 볼 수 없어 말릴 생각인 듯했다. 나도 물론 도망갈 생각은 없었다. 고슴도치의 뒤를 따라서 바로 싸움 현장으로 뛰어들었다. 싸움이 한창이었다. 사범학교 학생은 오륙십 명쯤이나 될는지. 중학교 학생은 그보다 거의 3할 정도나 많았다. 사범학교 학생들은 교복을 입고 있었지만 중학교 학생들은 식이 끝난 후에 대부분 기모노로 갈아입었기에 쉽게 피아를 구분할 수 있었다. 하지만 이리저리 어지럽게 뒤엉켜서 싸우고 있었기에 어디부터 싸움을 뜯어말려야 할지 알 수가 없었다. 고슴도치가 난처하다는 표정으로 한동안 이 난장판을 바라보고 있다가 「이렇게 된 이상 어쩔 수 없다. 경찰이 오면 골치 아파져. 뛰어들어서 말리자.」라고 나를 보며 말했기에 나는 대답도 하지 않고 가장 격렬하게 싸우고 있는 곳으로 그대로 뛰어들었다. 「그만둬. 그만두라니까. 이렇게 폭력을 쓰면 학교의 위신이 뭐가 되겠어? 그만두라니까!」라고 나오는 대로 소리를 지르며 적과 아군 사이에 분계선을 만들어 보려고 했지만 좀처럼 생각대로 되질 않았다. 한 2간 정도 엉켜 싸우고 있는 곳 안쪽으로 들어섰더니 앞으로 나아갈 수도 물러설 수도 없이 되어버렸다. 눈앞에서 비교적 덩치가 큰

사범학교 학생이 열대여섯 명 정도 되는 중학교 학생들과 엉켜붙어 있었다. 「그만두라면 그만둬.」라고 말하며 사범학교 학생의 어깨를 붙들어 억지로 떼어내려고 한 순간 누군가가 밑에서 내 발을 낚아챘다. 불의의 일격을 받은 나는 잡고 있던 어깨를 놓고 옆으로 쓰러졌다. 딱딱한 구둣발로 내 등판에 올라탄 녀석이 있었다. 두 팔과 무릎으로 땅을 짚고 밑에서 몸을 튕기듯 일어섰더니 녀석은 오른쪽으로 나가떨어졌다. 일어나 보니 3간 정도 떨어진 곳에서 「그만둬. 그만두라니까. 싸움은 그만두란 말이야.」라고 말하는 고슴도치의 커다란 몸이 학생들에 둘러싸인 채 엎치락뒤치락하고 있는 모습이 보였다. 「이봐, 도저히 안 되겠는데.」라고 말을 해보았지만 들리지 않는지 대답도 하질 않았다.

휙, 바람을 가르며 날아온 돌이 갑자기 내 뺨에 맞았나 싶더니 이번에는 뒤쪽에서 몽둥이로 등을 내리친 녀석이 있었다. 「선생 주제에 싸움에 껴들었다. 패라, 패.」라는 목소리가 들려왔다. 「선생은 두 명이다. 큰 놈과 작은 놈이다. 돌을 던져라.」라는 소리도 들려왔다. 나는 「그런 건방진 소리 잘도 해댄다. 촌놈 주제에.」라며 옆에 있던 사범학교 학생의 머리를 힘껏 내리쳤다. 다시 돌이 바람을 가르며 날아왔다. 이번에는 내 짧은 머리카락을 스치고 뒤쪽으로 날아갔다. 고슴도치는 어떻게 됐는지 보이지도 않았다. 이렇게 된 이상 어쩔 수 없었다. 처음에는 싸움을 말리려고 뛰어들었지만, 두들겨 맞고 돌에 맞았다고 그대로 겁을 먹고 물러설 빙충이가 어디 있겠는가? 「나를 뭐로 보는

거야? 비록 몸은 작지만 싸움 하나는 제대로 배운 큰형님이시
다.」라며 마구 두들겨 패기도 하고 맞기도 하고 있는데 잠시
후, 「경찰이다. 경찰이다. 튀어라, 튀어.」라는 소리가 들려왔다.
지금까지 물엿 속에서 버둥대고 있던 것처럼 몸을 움직일 수
없었는데 갑자기 몸이 자유로워졌다 싶더니 이 편이고 저 편이
고 단번에 모두 사라져버렸다. 촌놈들이라도 도망가는 솜씨는
여간이 아니었다. 쿠로파트킨61)보다도 훨씬 더 뛰어났다.

　고슴도치는 어떻게 하고 있나 보았더니 무늬가 들어간 하오
리를 너덜너덜 찢긴 채 건너편에서 코를 문지르고 있었다.
콧등을 맞아서 출혈이 아주 심했다고 한다. 코가 벌겋게 부어올
라 보기에 민망했다. 나의 줄무늬 옷도 흙투성이가 되기는
했지만 고슴도치의 하오리만큼 손해를 보지는 않았다. 그러나
뺨이 찌릿찌릿해서 견딜 수가 없었다. 고슴도치가 「피가 많이
나는데.」라며 알려주었다.

　경찰은 열대여섯 명 정도가 왔는데 학생들은 전부 반대편으
로 도망을 갔기에 붙잡힌 것은 나와 고슴도치뿐이었다. 우리들
의 이름을 대고 사건의 자초지종을 설명했더니 어쨌든 경찰서까
지 오라고 하기에 경찰서로 가서 서장에게 사건의 전말을 이야
기하고 하숙으로 돌아왔다.

11

다음날 눈을 떠보니 삭신이 쑤셔서 견딜 수가 없었다. 한동안 싸움을 하지 않았기에 이렇게 욱신거리는 것이리라. 이래서는 어디 가서 자랑도 못하겠다고 이불 속에서 생각하고 있는데 할머니가 시코쿠(四国) 신문을 가져다 내 머리맡에 놓아주었다. 사실은 신문 보기도 힘들었지만 사내가 이 정도 가지고 끙끙 앓아서 되겠나 싶어 억지로 엎드려 누운 채 두 번째 페이지를 열어보고는 깜짝 놀라지 않을 수 없었다. 어제의 싸움이 떡 하니 실려 있었다. 싸움에 관한 기사가 실린 것은 놀랄 일도 아니었지만 「중학교 교사인 홋타 모씨와 얼마 전 도쿄에서 부임해온 건방진 모씨가 순진한 학생들을 부추겨 이 소동을 일으켰을 뿐만 아니라, 두 사람은 현장에서 학생들을 지휘했으며, 사범학교 학생들에게 마음껏 폭력을 휘둘렀다.」고 적혀 있었다. 그 밑에 다음과 같은 의견이 붙어 있었다.

〈이곳 중학교는 예전부터 선량하고 온순한 기풍을 가지고 있었기에 전국의 선망의 대상이 되었는데 경박한 두 풋내기들 때문에 우리 학교의 특권이 훼손되었고, 시 전체에 오점을 남긴 이상 우리들은 분연히 일어나 그 책임을 묻지 않을 수 없다. 우리들은 믿어 의심치 않는다. 우리들이 손을 쓰기 전에 당국자가 이에 상응하는 처분을 이 무뢰한들에게 가하여 그들로

하여금 다시는 교육계에 발을 들여놓지 못하게 할 것이라고〉

그리고 한 글자 한 글자마다 위에 검은 점을 찍어놓아 마치 뜸을 떠놓은 것 같았다. 나는 이불 속에서 「엿이나 먹어라!」라고 말하며 벌떡 일어섰다. 지금까지 몸 마디마디가 굉장히 쑤셨는데 신기하게도 일어섬과 동시에 씻은 듯이 가벼워졌다.

나는 신문을 구겨서 정원으로 집어던졌지만 그래도 아직 성이 풀리지 않았기에 일부러 화장실로 가지고 가서 버리고 왔다. 신문이란 말도 되지 않는 거짓말을 하는 녀석이다. 이 세상에서 신문처럼 허풍을 떨어대는 것도 없을 것이다. 내가 해야 할 말을 전부 지들이 늘어놓고 있다. 그리고 「최근 도쿄에서 부임한 건방진 모씨」는 또 뭐란 말인가? 천하에 「모」라는 이름을 가진 사람도 있는가? 생각해봐라. 이래봬도 확실한 성이 있고 이름이 있다. 족보를 보고 싶다면 다다노 만주 이후의 조상들을 한 명도 빠짐없이 보여주겠다. 세수를 했더니 뺨이 갑자기 아파 왔다. 할머니에게 거울을 빌려달라고 했더니 「오늘 신문 봤어유?」라고 묻는다. 「읽고 변소에 처박았다. 필요하면 가서 건져라.」라고 말했더니 놀라며 물러났다. 거울로 얼굴을 비춰보니 어제와 마찬가지로 상처가 나 있었다. 그래도 소중한 얼굴이다. 얼굴에 상처가 났는데 「건방진 모씨」라는 말까지 들어야 하다니 참을 수가 없었다.

오늘 신문 때문에 겁을 먹고 학교를 쉬었다는 말을 듣게 된다면 그건 평생 씻을 수 없는 오점이 될 것이기에 밥을 먹고 제일 먼저 학교로 나갔다. 들어오는 사람마다 내 얼굴을 보고

웃는다. 뭐가 우습단 말인가? 지들이 만들어놓은 얼굴도 아니면서. 곧 광대가 출근을 해서 「이야, 어제는 고생 많았습니다. …… 영광의 상처입니까?」라며 송별회 때 얻어맞은 것에 대한 복수를 할 생각인지 비꼬듯이 놀려대기에 「쓸데없는 소리 하지 말고 붓이나 빨고 있어.」라고 쏘아붙였다. 그러자 「어이구 죄송합니다. 그래도 굉장히 아프실 텐데.」라고 말하기에 「아프든지 말든지 내 얼굴이야. 네가 신경 쓸 일이 아니야.」라고 소리를 질렀더니 건너편에 있는 자기 자리로 돌아가서 그래도 내 얼굴을 보며 옆에 앉은 역사교사와 뭔가 소곤거리며 웃었다.

잠시 후, 고슴도치가 나타났다. 고슴도치의 코는 자줏빛으로 부어올라 콧구멍을 파면 안에서 고름이 나올 것처럼 보였다. 자랑은 아니지만 내 얼굴보다 훨씬 더 심하게 망가졌다. 나와 고슴도치는 책상을 나란히 붙여놓고 서로 옆자리에 앉는 사이인데, 그 책상이 입구 바로 정면에 있으니 정말 운이 없었다. 묘한 얼굴이 두 개 모여 있었다. 다른 녀석들은 좀 심심해졌다 싶으면 반드시 우리들 쪽을 바라보았다. 입으로는 「어떻게 그런 일이.」라고 말했지만 속으로는 틀림없이 「멍청한 녀석.」이라고 생각하고 있을 것이다. 그렇지 않고서야 저렇게 서로 속닥거리며 낄낄대고 웃을 리가 없다. 교실로 들어서자 학생들이 박수를 치며 나를 맞아줬다. 「선생님, 만세.」라고 말하는 녀석도 두세 명 있었다. 정말로 반기는 건지, 놀리는 건지 알수가 없었다. 고슴도치와 내가 이렇게 관심의 대상이 되어 있는데 빨강셔츠만은 평소와 다름없는 모습으로 와서 「정말

생각지도 못했던 재난이었습니다. 저는 두 분 선생님이 걱정돼서 견딜 수가 없습니다. 신문 기사에 대해서는 교장선생님과 함께 얘기해서 잘못을 정정하도록 손을 써놨으니 걱정 마세요. 우리 동생이 홋타 선생님을 모시러 가서 이런 일이 벌어진 것이니 정말 죄송하게 생각합니다. 그래서 이 건에 대해서는 최선을 다할 생각이니 너무 나쁘게 생각하지 마세요.」라며 거의 사죄에 가까운 말을 늘어놓았다. 교장은 3시간째가 돼서야 교장실에서 나와 「신문에서 기사를 안 좋게 썼어요. 일이 더 복잡해지지 말아야 할 텐데.」라며 조금 걱정스럽다는 표정이었다. 나는 걱정하지 않았다. 만약 나를 자를 생각이라면 잘리기 전에 내가 먼저 사표를 쓰고 나오면 그만이다. 하지만 내가 잘못한 것도 없는데 내가 먼저 몸을 뺀다면 허풍쟁이 신문을 더욱 기세등등하게 만들어주는 꼴이 되니 기사의 잘못을 바로잡게 하고 나는 끝까지 학교에 남아 있어야 마땅하다고 생각했다. 집에 돌아가는 길에 신문사에 들러서 담판을 지을까도 생각해봤지만 학교에서 취하를 신청하기로 했다기에 그만두었다.

　나와 고슴도치는 우선 적당한 시간을 가늠해서 교장선생님과 교감선생님에게 사건의 진상을 설명했다. 교장선생님과 교감선생님은 「그렇겠지. 신문이 우리 학교에 원한을 품고 그런 기사를 일부러 실은 거겠지.」라고 결론을 내렸다. 빨강셔츠는 교무실에 있는 한 사람 한 사람에게 우리들의 행동을 해명하며 돌아다녔다. 특히 자신의 동생이 고슴도치를 불러냈다는 사실을, 마치 자신의 과실이라도 되는 양 강조했다. 모든 사람들이 「신문 거 완전히 허풍이구먼 괘씸한 것들. 두 분에게는 정말 안 됐네 요.」라고 말했다.

돌아가는 길에 고슴도치가 「이봐, 빨강셔츠가 좀 수상해. 정신 차리지 않으면 당하겠어.」라고 주의를 주었다. 「원래 수상 한 녀석이잖아. 오늘이라고 더 수상할 것도 없어.」라고 말하자 「자네 아직도 모르겠나? 어제 일부러 우리들을 불러내서 싸움에 말려들게 한 건 계책이었다고.」라고 가르쳐주었다. 그렇군. 나도 거기까지는 생각하지 못했다. 고슴도치는 거칠어 보이지 만 나보다 지혜로운 사람이라고 감탄하지 않을 수 없었다.

"그렇게 싸움을 하게 만든 다음 바로 신문사에 손을 써서 그런 기사를 쓰게 한 거야. 정말 간사한 놈이지."

"신문까지 빨강셔츠였군. 정말 대단해. 하지만 신문사에서 그렇게 쉽게 빨강셔츠의 말을 들어줬을까?"

"들어주고말고. 신문사에 친구가 있으면 더욱 식은 죽 먹기 지."

"친구가 있나?"

"없다고 해도 어려운 일은 아니야. 거짓말을 하면서 사실은 여차저차 된 거라고 얘기하면 바로 쓰니까."

"정말 지독한 녀석이군. 정말 빨강셔츠의 술책이라면 우리들 은 이번 사건으로 면직을 당하게 될지도 모르겠군."

"자칫하다가는 당할지도 모르지."

"그렇다면 나는 내일 당장 사표를 내고 바로 도쿄로 돌아가겠네. 이런 변변찮은 곳에는 있어달라고 해도 있기 싫어."

"자네가 사표를 낸다고 해도 빨강셔츠는 눈 하나 깜빡하지 않을 걸세."

"그도 그렇군. 어떻게 해야 골탕을 먹일 수 있을까?"

"그런 간사한 놈들은 무슨 일이든 증거가 남지 않도록 조심조심하기 때문에 방법을 찾기가 쉽지 않아."

"거 참, 복잡하군. 그럼 누명을 쓸 수밖에 없겠네. 우습지도 않아. 하늘은 뭐 하는 거야?"

"한 이삼일 정도 동태를 살피세. 그러다 때가 되면 온천마을에서 녀석을 덮치는 수밖에 없어."

"이번 사건은 이번 사건이란 말이지?"

"그렇지. 우리는 우리 나름대로 녀석의 급소를 찌르는 거야."

"그것도 좋은 방법이군. 나는 계책을 세우는 게 서투르니 모든 일을 자네에게 맡기겠네. 필요할 때는 무슨 일이든 하겠네."

나와 고슴도치는 이렇게 헤어졌다. 만약 고슴도치가 생각한 대로 빨강셔츠가 한 일이라면 정말 대단한 녀석이다. 머리로는 도저히 이길 수 없는 녀석이다. 완력을 행사할 수밖에 없다. 그렇다. 세상에서는 전쟁이 끊임없이 일어나고 있다. 개인적인 일에 있어서도 결국은 폭력이다.

다음날, 신문이 오기를 기다렸다가 펼쳐보니 정정은커녕 취소한다는 말도 없었다. 학교로 가서 너구리에게 재촉을 하자 「내일쯤 싣겠죠.」한다. 그 다음날이 되어서야 6호 활자로 조그

맞게 취소기사가 실렸다. 하지만 신문사의 정정기사는 실리지
않았다. 다시 교장선생님께 이야기를 하자 그렇게 처리할 수밖
에 없었다고 한다. 교장이란 너구리 같은 얼굴을 하고 아주
엄숙한 척하지만 의외로 힘이 없는 사람이다. 허위기사를 쓴
시골 신문사의 사과 하나 받아내지 못한다. 너무 화가 나서
「그럼 내가 혼자 가서 주필과 담판을 짓겠습니다.」라고 말했더
니 「선생님이 담판을 지으러 가면 또 좋지 않은 기사가 실릴
뿐이에요. 즉, 신문에 실린 기사는 그것이 거짓이든 진실이든
어쩔 수 없다는 거죠. 그냥 포기할 수밖에 없어요.」라며 스님의
설교와 같은 말로 나를 설득했다. 그런 게 신문이라면 하루라도
빨리 문을 닫게 하는 편이 모두에게 도움이 되리라. 신문에
실리는 것과 개에게 물리는 것이 거의 같은 일이라는 사실을
지금 막, 너구리의 설명을 통해서 비로소 알게 되었다.

그로부터 사흘 정도 지난 날 오후, 고슴도치가 씩씩거리며
다가와서는 「드디어 때가 왔네. 나는 그 계획을 감행할 생각이
야.」라고 말하기에 「그래? 그럼 나도 동참해야지.」라며 즉석에
서 일당에 가입했다. 그런데 고슴도치는 「자네는 그만두는
게 좋을 듯하네.」라며 고개를 저었다. 「어째서?」라고 물었더니
「자네, 교장이 불러서 사표를 내라고 하던가?」라고 묻기에
「아니, 그런 말 못 들었네. 자네는?」이라고 되묻자 「오늘 교장실
에서 '정말 안 됐지만 사정상 어쩔 수 없으니 그렇게 해주게.'라
는 말을 들었어.」라고 대답했다.

"그런 판결이 어디 있나? 너구리가 배를 너무 두드려서62)

배알이 꼬였구먼. 자네와 나는 함께 승전식에 참가했고, 함께 고치의 번뜩이는 칼춤을 봤고, 함께 싸움을 말리러 가지 않았는가? 사표를 내게 할 거면 공평하게 두 사람 모두에게 내라고 해야 할 거 아닌가? 이 촌놈의 학교는 왜 그런 이치도 모르는 거지? 정말 깝깝하군."

"그게 바로 빨강셔츠의 계략이라네. 나와 빨강셔츠는 지금까지의 관계상 도저히 같이 있을 수 없는 사이가 되었지만 자네는 이대로 내버려두어도 별로 손해 볼 게 없다고 생각한 거지."

"나도 빨강셔츠와는 같이 지낼 수 없어. 손해 볼 게 없다고 생각하다니, 이런 건방진 자식."

"자네는 너무 단순해서 그냥 내버려둬도 언제든지 속일 수 있다고 생각한 거겠지."

"건방지기 짝이 없군. 나라고 같이 지낼 수 있을 줄 알고?"

"그리고 전에 고가 선생님이 전근 가신 후에 후임자가 사고로 아직 못 오질 않았나? 그런데 자네와 나를 동시에 내쫓으면 빈 시간이 생겨서 수업에도 지장이 생기게 될 테니 말이야."

"그럼 나를 땜빵으로 쓸 생각으로 남겨두는 거란 말이지? 이런 제기랄, 누가 그렇게 하게 내버려둔대?"

다음 날, 나는 학교에 가서 교장실로 들어가 담판을 짓기 시작했다.

"왜 나보고는 사표를 내라고 하지 않는 거죠?"

"응?"

너구리가 어이없다는 듯 말했다.

"훗타에게는 내라, 내게는 내지 않아도 된다. 이런 법이 어딨습니까?"

"그건 학교의 형편상……."

"그 형편이 잘못 됐다는 겁니다. 내가 내지 않아도 되는 거라면 훗타도 낼 필요가 없는 거 아닙니까?"

"그 점에 대해서는 설명을 할 수가 없지만……. 훗타 선생님이 떠난다면 어쩔 수 없는 일이지만, 선생님이 굳이 사표를 내야 할 필요는 없을 듯 보이기에."

과연 너구리다. 무슨 소리인지도 모를 말을 늘어놓으면서도 침착함만은 잃지 않았다. 나는 하는 수 없이 이렇게 말했다.

"그럼 저도 사표를 내겠습니다. 훗타 선생 혼자 사표를 내게 하고 나는 편안하게 여기에 남아 있을 거라고 생각하셨는지도 모르겠지만 그렇게 몰인정한 짓은 할 수 없습니다."

"그건 안 됩니다. 훗타 선생님도 떠나고 선생님도 떠나면 수학 수업을 전혀 할 수 없으니……."

"할 수 있든지 말든지, 그건 내 알 바 아닙니다."

"선생님, 그렇게 자기 생각만 내세우지 마시고 조금은 학교 사정도 생각해주세요. 그리고 부임한 지 한 달이 될까 말까 한데 사표를 내면 선생님의 앞으로의 경력에도 문제가 될 테니 그 점을 조금 더 생각해보면 어떨까요?"

"경력 같은 건 아무래도 상관없습니다. 경력보다 의리가 더 중요합니다."

"그것도 지당한 말씀이지만……. 선생님 하시는 말씀은 하나

하나 전부 옳은 말씀이지만 내가 하는 말도 조금은 생각해보세요. 선생님께서 무슨 일이 있어도 사표를 내야겠다고 생각하신다면 사표를 내도 좋으니 후임자가 올 때까지는 계셔주셨으면 합니다. 어쨌든 집에 돌아가셔서 다시 한 번 생각해보세요."

다시 한 번 생각해보라니. 더 생각할 필요도 없이 명백한 일이었지만 너구리가 파랗게 질리기도 하고, 벌겋게 상기되기도 하고, 조금 불쌍한 생각이 들었기에 일단은 다시 한 번 생각해보기로 하고 교장실에서 나왔다. 빨강셔츠와는 말도 하지 않았다. 어차피 해치울 거라면 한꺼번에 몰아서 호되게 몰아치는 게 나으리라.

고슴도치에게 너구리와 이야기한 사실을 말했더니 「뭐, 대충 그럴 줄 알았네.」라며, 사표는 만약의 사태가 있을 때까지 내지 않아도 상관없을 것이라고 하기에 고슴도치의 말에 따르기로 했다. 아무래도 나보다는 고슴도치가 영리한 듯하니 모든 일을 고슴도치의 충고에 따라서 하기로 했다.

고슴도치는 드디어 사표를 내고 직원 일동에게 작별의 인사를 한 뒤 해변에 있는 미나토야까지 내려갔다가 사람들의 눈을 피해서 되돌아와 온천마을에 있는 마스야의 2층으로 숨어들어 창호지에 구멍을 뚫고 밖을 엿보기 시작했다. 이 사실을 알고 있는 것은 나밖에 없을 것이다. 빨강셔츠는 밤이 되어야 몰래 숨어들 것이다. 그것도 초저녁에는 학생들이나 그 외의 다른 사람들의 눈이 있으니 적어도 9시가 넘어서야 올 것이 뻔했다.

처음 이틀 동안은 나도 11시까지 불침번을 섰지만 빨강셔츠는 그림자도 보이지 않았다. 사흘째 밤에는 9시부터 10시 30분 무렵까지 지키고 있었지만 역시 모습을 나타내지 않았다. 허탈한 마음으로 밤늦게 하숙집으로 돌아오는 일보다 더 한심한 일도 없었다. 사오일이 지나자 하숙집 할머니도 조금 걱정이 됐는지「사모님두 기신디 밤에 돌아뎅기는 건 그만둬유.」라고 충고를 해주었다. 내가 돌아다니는 건 놀려고 돌아다니는 것이 아니다. 나는 하늘을 대신해서 천벌을 내리려고 돌아다니는 것이다. 하지만 일주일이 지나도록 아무런 성과도 거두지 못하면 역시 진력이 나는 법이다. 나는 성격이 급하기 때문에 일단 열을 올리면 밤을 새워서라도 일을 하지만, 무슨 일이든 길게 간 적이 없었다. 제 아무리 하늘을 대신하는 일이라고는 하지만 싫증이 나기는 매한가지였다. 엿새째에는 조금 하기가 싫어졌으며, 이레째에는 이제 그만 쉴까 하는 생각도 들었다. 그런 면에서 고슴도치는 끈기가 있는 편이었다. 초저녁부터 12시 너머까지는 꼼짝도 하지 않고 창호지에 눈을 댄 채 가도야의 둥근 가스등을 노려보았다. 내가 가면 오늘은 손님이 몇 명이었고, 묵는 사람은 몇 명, 여자는 몇 명이라는 등 여러 가지 통계를 말해주는 데에는 놀라지 않을 수 없었다. 「아무래도 안 오는 거 아닐까?」라고 말하면「흠, 틀림없이 오기는 올 텐데.」라며 때때로 팔짱을 끼고 한숨을 내쉬었다. 불쌍하게도 만약 빨강셔츠가 여기에 한 번 와주지 않으면 고슴도치는 평생 천벌을 내릴 수 없는 것이다.

여드레째에는 7시 무렵부터 하숙에서 나와 우선은 천천히 온천에 들어갔다가 마을에서 계란 8개를 샀다. 이것은 하숙집 할머니의 감자공세에 대비하기 위한 계책이었다. 그 계란을 네 개씩 좌우의 소맷자락에 넣고, 예의 빨간 수건을 어깨에 얹은 채 손은 품속에 찔러 넣고 마스야의 계단을 올라 고슴도치가 있는 방의 문을 열었더니 「이봐, 왔어, 왔다고.」라며 위타천 같은 얼굴이 갑자기 활기를 띠기 시작했다. 어젯밤까지는 조금 답답한 듯이 보여서 옆에 있는 나까지도 우울한 기분이 들 정도였기에, 그 얼굴을 보자 나까지 갑자기 기분이 좋아져서 어떻게 된 일인지는 묻지도 않고 「잘 됐군, 잘 됐어.」라고 말했다.

"오늘 밤 7시 30분쯤에 그 고스즈(小鈴)라는 기생이 가도야로 들어갔어."

"빨강셔츠도 같이?"

"아니."

"그럼 틀렸잖아."

"기생은 두 명이었는데……. 아무래도 잘될 거 같아."

"어째서?"

"어째서긴, 교활한 놈이니까 기생을 먼저 들여보내놓고 나중에 몰래 올지도 모르는 일 아닌가?"

"그럴지도 모르겠군. 벌써 9시쯤 됐지?"

허리춤에서 니켈 시계를 꺼내 보며 "지금 9시 12분쯤 됐네."라고 말하고는 "이봐, 램프를 끄게. 창호지에 까까머리 두 개가

비치면 이상할 테니. 여우는 의심이 많거든."

　나는 옻칠을 한 책상 위에 있던 램프를 훅 불어서 껐다. 별빛 때문에 창호지만이 조금 밝았다. 달은 아직 나오지 않았다. 고슴도치와 나는 꼼짝도 하지 않고 창호지에 얼굴을 댄 채 숨을 죽이고 있었다. 「땡~」하고 9시 30분을 알리는 시계소리가 들렸다.

　"이봐 오기는 올까? 오늘밤 오지 않으면 나는 이제 그만두겠네."

　"나는 돈이 있는 한 계속할 거야."

　"돈이 얼마나 남았지?"

　"오늘까지 8일 분, 5엔 60전을 치렀네. 언제 뛰쳐나가도 상관없도록 매일 밤 돈을 치르고 있거든."

　"거 참 잘했군. 여관에서 놀라지 않던가?"

　"여관이야 어쨌든 상관없지만 갑갑해서 견딜 수가 없네."

　"대신 낮잠을 자지 않나."

　"낮잠은 자지만, 외출을 할 수가 없어서 갑갑해죽겠어."

　"하늘을 대신하는 일도 쉬운 일은 아니군. 이렇게 했는데도 하늘의 그물[63])에 그 녀석이 걸리지 않는다면 것도 싱거운 일이겠군."

　"아니, 오늘밤에는 꼭 올 거야. …… 이봐 저기 좀 봐."라고 소리 죽여 말했기에 나도 모르게 가슴이 덜컥 내려앉았다. 검은 모자를 쓴 사내가 가도야의 가스등을 밑에서 올려다보며 어두운 쪽으로 사라져갔다. 아니다. 「이거 참.」 싶었다. 그러는

동안 카운터에 있는 시계가 거침없이 10시를 알렸다. 오늘밤에도 글러먹은 듯싶었다.

바깥은 꽤 조용해졌다. 유곽에서 울리는 북소리가 손에 잡힐 듯이 선명하게 들렸다. 달이 온천이 있는 산 뒤쪽에서 쑥 얼굴을 내밀었다. 거리는 밝았다. 그때 아래쪽에서 사람소리가 들려오기 시작했다. 창밖으로 얼굴을 내밀 수 없어서 모습을 확인할 수는 없었지만 점점 이쪽으로 오고 있는 모양이었다. 딸깍딸깍 나막신을 끄는 소리가 들렸다. 눈을 대각선으로 돌려보니 드디어 두 사람의 그림자가 시야에 들어올 정도로까지 가까이 와 있었다.

"이제 안심이네요. 눈엣가시를 뽑아버렸으니." 틀림없이 광대의 목소리였다. "강하게 나올 줄만 알았지 머리를 쓸 줄 모르니 별 수 있겠어?" 이건 빨강셔츠다. "그 녀석도 도쿄 깍쟁이랑 비슷하죠. 그래도 그 깍쟁이는 정의의 사자를 흉내 내는 도령이라 귀여운 맛이 있어요.", "월급을 올려준다고 해도 싫다. 사표를 내고 싶다. 그건 어딘가 정신이 이상한 녀석임에 틀림없어." 나는 창문을 열고 이층에서 뛰어내려 마음껏 두들겨 패주고 싶은 마음을 간신히 억눌렀다. 두 사람은 「하하하하.」 웃으며 가스등 밑을 지나 가도야 안으로 들어갔다.

"이봐."

"이봐."

"왔어."

"드디어 왔네."

"이제 좀 마음이 놓이는구먼."

"광대 자식, 나보고 정의의 사자를 흉내 내는 도령이라고 했겠다?"

"눈엣가시란 나를 두고 하는 말이고. 싸가지 없는 것들."

고슴도치와 나는 두 사람이 돌아가는 길에 매복해 있다가 공격을 가하지 않으면 안 되었다. 하지만 두 사람이 언제 나올지 알 수 없는 노릇이었다. 고슴도치는 밑으로 내려가 오늘밤 어쩌면 밤중에 일이 있어서 나가게 될지도 모르니, 나갈 수 있도록 해놓으라고 부탁을 하고 왔다. 지금 생각해보면 여관 사람이 잘도 승낙을 했다. 보통은 틀림없이 도둑놈이라고 생각했을 것이다.

빨강셔츠가 나타나기를 기다리는 일도 힘들었지만, 가만히 나오기를 기다리는 일은 더욱 힘든 일이었다. 잠을 잘 수도 없었고, 종일 창호지 틈으로 노려보기도 힘들었고, 이것도 저것도 성에 차질 않았다. 아직 이처럼 괴로워해본 적은 없었다. 「차라리 가도야로 치고 들어가서 현장을 덮치자.」고 말해봤지만 고슴도치는 한마디로 내 의견을 일축해버렸다. 「우리들이 지금 뛰어들면 행패를 부린다며 중간에서 막을 걸세. 이유를 설명하고 만나게 해달라고 하면 없다고 하거나 다른 별실로 옮기게 할 거고, 아무도 안 보는 틈을 이용해서 안으로 들어간다 한들 몇 십 개나 되는 방 중에서 어디에 있는지 어떻게 알겠는가? 지루해도 나오기를 기다리는 수밖에 없네.」라고 말하기에 간신히 버티다 결국에는 새벽 5시까지 기다리고 말았다.

가도야에서 나오는 두 사람의 그림자를 보자마자 고슴도치와 나는 바로 뒤를 밟았다. 아직 첫차가 올 시간이 아니었기에 두 사람 모두 마을까지 걸어서 가지 않으면 안 되었다. 온천마을에서 벗어나면 1정 정도 삼나무 가로수가 늘어서 있는데 그 양 옆은 논이다. 그곳을 지나면 여기저기에 초가집이 있고 밭 가운데를 가로질러서 마을로 통하는 한 줄기 제방이 나온다. 온천마을에서만 벗어나면 어디서 덮쳐도 상관은 없었지만 가능한 한 인가가 없는 삼나무 가로수 길에서 해치우자며 몰래 뒤를 밟았다. 동구 밖으로 나서자마자 갑자기 발걸음을 빨리하여 바람처럼 따라붙었다. 무엇인가 다가오는 기척에 놀라 뒤돌아보는 녀석의 어깨에 「잠깐!」이라고 말하며 손을 얹었다. 광대가 낭패한 빛을 보이며 도망치려는 기색을 보였기에 나는 앞으로 돌아가서 길을 막아버렸다.

　"교감이라는 작자가 무슨 일로 가도야에서 묵은 거지?"라며 고슴도치가 바로 다그쳤다.

　"교감은 가도야에서 묵으면 안 된다는 규칙이라도 있습니까?"라며 빨강셔츠는 여전히 정중한 말투로 대답했다. 얼굴은 조금 하얗게 질려 있었다.

　"풍기를 바로 잡기 위해서 메밀국수집이나 떡꼬치집에도 들어가서는 안 된다고 말할 정도로 근직(謹直)한 사람이 뭣 때문에 기생하고 여관에서 묵은 거지?"

　광대가 틈을 봐서 도망치려고 하기에 바로 앞을 막아서며 내가 "깍쟁이 도령은 또 뭐지?"라고 호통을 쳤더니 "아니,

선생님을 두고 한 말이 아닙니다. 전혀 상관없는 일입니다."라며 뻔뻔스럽게도 변명을 해댔다. 그제야 나는 두 손으로 내 소맷자락을 붙들고 있다는 사실을 깨달았다. 뒤따라올 때 소매 속의 계란이 건들대서 불편했기에 두 손으로 쥐고 온 것이었다. 나는 얼른 소매 속으로 손을 넣어 계란을 두 개 끄집어내다가 「얏」하는 소리와 함께 광대의 얼굴에 처박았다. 계란이 퍽 깨지더니 코끝에서 노른자가 줄줄 흘러내렸다. 광대는 하늘이 무너진 줄 알았는지 「으악!」하는 소리와 함께 엉덩방아를 찧더니 「살려줘!」라고 말했다. 나는 먹기 위해서 계란을 샀지 얼굴에 처박기 위해서 소맷자락에 넣어둔 것은 아니었다. 단지 너무나도 화가 났기에 그럴 생각이 아니었는데도 나도 모르게 얼굴에 처박은 것이었다. 하지만 광대가 엉덩방아를 찧는 모습을 보자 비로소 잘했다는 생각이 들었기에 「이 버러지 같은 놈아, 버러지 같은 놈아.」하며 나머지 6개를 닥치는 대로 처박았더니 광대의 얼굴이 노랗게 변했다.

내가 계란을 처박고 있는 동안에도 고슴도치와 빨강셔츠는 서로 담판을 짓고 있었다.

"내가 기생과 함께 여관에 묵었다는 증거라도 있습니까?"

"초저녁에 네 녀석이 친하게 지내는 기생이 가도야로 들어가는 걸 보고 하는 소리야. 속일 생각 말아."

"속일 필요도 없지. 나는 요시카와와 둘이서 묵었으니까. 기생이 초저녁에 들었든지 말든지 내 알 바 아니지."

"입 닥쳐!"라며 고슴도치가 주먹으로 내려쳤다. 빨강셔츠는

비틀거리면서도 "이런 폭력을 쓰다니. 시비를 가리려면 말로 할 것이지 폭력을 쓰다니. 이런 무법천지가 어딨어?"라고 말했다.

"무법천지가 어쨌다는 거야?"라며 다시 주먹을 날렸다. "너 같이 간사한 녀석은 매를 맞지 않으면 뭘 잘못했는지도 모르지?"라며 계속해서 주먹을 날렸다. 나도 동시에 광대를 마구 두들겨 팼다. 결국에는 두 사람 모두 삼나무 밑둥치에 웅크린 채 움직이지 못하는 것인지, 눈이 빙빙 도는 것인지 도망칠 생각도 하지 않았다.

"이젠 알겠냐? 아직도 모르겠다면 더 패주지."라고 말한 뒤 둘이서 주먹을 날렸더니 "이젠 알겠습니다."라고 말했다. 광대에게 "네 녀석도 알겠냐?"라고 물었더니 "아주 잘 알겠습니다."라고 대답했다.

"너희들은 간사한 녀석들이기 때문에 이렇게 천벌을 내리는 거야. 이 일을 교훈 삼아 앞으로는 조심하는 게 좋을 거야. 제 아무리 교묘한 말로 변명을 한다 해도 언제나 정의가 용서하지 않을 테니."라고 고슴도치가 말을 하자 두 사람은 대답이 없었다. 어쩌면 대답하기조차 힘든 것일지도 몰랐다.

"나는 도망가지도 숨지도 않을 거야. 오늘 저녁 5시까지는 해변에 있는 미나토야에 있을 거야. 볼일이 있으면 경찰이든 누구든 보내."라고 고슴도치가 말하기에 "나 역시 도망가지도 숨지도 않을 거야. 홋타와 같은 곳에서 기다리고 있을 테니 경찰에 고발하고 싶다면 마음대로 해."라고 말하고 두 사람

모두 터벅터벅 걷기 시작했다.

7시가 조금 못 돼서 나는 하숙으로 돌아왔다. 방에 들어서자마자 바로 짐을 꾸리기 시작했더니 할머니가 놀라며 "왜 그려유?"라고 물었다. "할머니, 도쿄에 가서 마누라를 데리고 올게요."라고 대답하고 방세를 치른 뒤 바로 기차에 올라 해변으로 가서 미나토야에 들어갔더니 고슴도치는 2층에서 잠을 자고 있었다. 나는 바로 사표를 쓰려고 했지만 어떻게 써야 좋을지 몰라 "일신상의 이유로 사표를 내고 도쿄로 돌아가게 되었으니 이를 수리해주시기 바랍니다. 이상."이라고 써서 우편으로 교장 선생님께 보냈다.

기선은 오후 6시 출항이다. 피곤해서 쿨쿨 잠을 자다가 고슴도치와 내가 눈을 떠보니 오후 2시였다. 종업원에게 경찰이 오지 않았었냐고 물었더니 「안 왔었습니다.」라고 대답했다. "빨강셔츠도 광대도 고발은 안 했군."이라며 둘이서 큰소리로 웃었다.

그날 밤, 고슴도치와 나는 이 부정한 땅을 떠났다. 배가 기슭에서 멀어지면 멀어질수록 기분이 좋아졌다. 고베(神戸)에서 도쿄까지는 직행을 탔는데 신바시에 도착했을 때는 드디어 세상으로 나온 듯한 기분이 들었다. 고슴도치와는 거기서 헤어진 이후로 아직 한 번도 만나질 못했다.

기요에 대한 얘기를 잊고 있었다. 내가 도쿄로 오자마자 하숙집에도 들르지 않고 가방을 든 채 「기요, 나 왔어.」라며 뛰어들었더니 「아이고, 도련님. 어떻게 이렇게 빨리 오셨어요?」

라며 눈물을 뚝뚝 흘렸다. 나도 너무 기뻐서 「이제 시골엔 가지 않을 거야. 도쿄에서 기요랑 한 집에서 살 거야.」라고 말했다.

그 후, 어떤 사람의 소개로 철도회사의 기수64)가 되었다. 월급은 25엔이었으며, 집세는 6엔이었다. 기요는 현관이 딸린 집은 아니었지만 그래도 아주 만족하는 듯했는데 가엾게도 올 2월에 폐렴에 걸려서 세상을 뜨고 말았다. 죽기 전날 나를 불러서 「도련님 부탁인데, 제가 죽으면 도련님이 다니는 절에 묻어주세요. 무덤 속에서 도련님이 오기를 기다리고 있겠어요.」라고 말했다. 그래서 고비나타에 있는 요겐지에 기요의 무덤을 만들어주었다.

* 도련님 주석

1) 길이의 단위. 1자는 약 30.3㎝.
2) 메이지 유신을 말함.
3) 메이지유신은 1866~1868. 이 소설은 1906년 작.
4) 여담이지만, 이 일은 실제로 있었던 일이라고 한다.
5) 麴町. 관청이 많아 고위고관의 저택지로 유명했다.
6) 麻布. 외교관저 등 고급주택지의 대명사였다.
7) 다다미(畳)는 일본 전통의 실내 바닥재. 첩은 다다미를 세는
   단위. 1첩은 약 반 평.
8) 越後. 지금의 니가타(新潟) 현.
9) 笹飴. 댓잎으로 싼 엿.
10) 예전에는 칫솔 대신 이쑤시개를 사용했다.
11) 大森. 도쿄 오타(大田) 구에 있는 마을. 예전에는 작은 어
    촌이었으나 지금은 바다를 메워 어촌의 흔적은 찾아볼 수 없
    다.
12) 錢. 1엔의 100분의 1.
13) 羽織. 기모노 위에 덧입는 짧은 겉옷.
14) 神楽坂. 소세키의 생가 근처에 있는 번화가.
15) 石. 영유지의 총생산량을 쌀의 생산량으로 환산하여 나타낸
    단위.
16) 床の間. 아랫목에 방바닥보다 한 단을 더 높여 족자, 꽃 등
    으로 장식해 놓는 공간. 이하 장식공간.
17) 浴衣. 여름이나 목욕 후에 입는 얇은 기모노.
18) 도쿄 토박이 특유의 말투.
19) 端渓. 단계연의 약자. 고맙다는 뜻의 독일어와 발음이 같은
    것을 이용한 언어유희인 듯.
20) 단계연의 표면에 있는 둥근 무늬. 눈이 많을수록 고급품으로
    여겨진다.

21) 원고에 작가 지정으로 '2칸 뜰 것'이라고 되어 있다.

22) 町. 거리의 단위. 1정은 약 110m.

23) 間. 거리의 단위. 1간은 약 1.8m.

24) 清和源氏. 세이와 천황의 자손.

25) 多田の満仲. 세이와 천황의 증손자.

26) 길이의 단위. 1치는 약 3㎝.

27) 풍경화로 유명한 영국의 화가.

28) 성모 마리아.

29) 길이의 단위. 1길은 약 1.8m.

30) 놀래기와 비슷한 물고기.

31) 米なる木. 벼를 말함.

32) Pussing to the Front. 자본주의적 처세술을 이야기한 미국의 책.

33) 凌雲閣. 아사쿠사(浅草) 공원에 있던 12층짜리 벽돌건물. 관동 대진재 때 무너졌다.

34) 厘. 1린은 1센의 10분의 1.

35) 간다의 학생을 상대로 하는 서양요리점처럼 볼품이 없다는 뜻.

36) 韋陀天. 불법의 수호신. 발이 빠르기로 유명하다.

37) 유명한 단시의 한 구절.

38) 鬼神のお松. 가부키에 등장하는 여적(女賊).

39) 姐妃のお百. 역시 가부키에 등장하는 여적.

40) 일본어에는 띄어쓰기가 없기 때문에 한자 없이 씌여진 문장은 읽기가 어렵다. 한자가 적은 아이들의 동화는 의도적으로 띄어쓰기를 하기도 한다.

41) 日向. 지금의 미야자키(宮崎) 현.

42) 芭蕉. 에도 시대의 가인.

43) 단가 중에 '나팔꽃에 두레박을 빼앗겨 물을 얻으러 간다'는 것이 있다.

44) 太宰權帥. 후지와라 도키히라(藤原時平)의 참언에 의해 다

자이 곤노소쓰로 좌천되었던 스가와라 미치자네(菅原道眞)를 말한다.

45) 河合又伍郎. 동료 무사인 와타나베 가즈마(渡辺数馬)의 동생을 살해하여 가즈마와 그의 매형에게 복수를 당했다.

46) 袴. 기모노 위에 덧입어 허리에서 다리까지를 감싸던 의복.

47) 金時. 몸이 매우 크고 힘이 장사였다.

48) 瀨戸物. 세토 지방에서 나는 도자기.

49) 伊万里. 사가(佐賀) 지방에서 나는 도자기의 총칭.

50) 海屋. 에도 시대의 유명한 명필.

51) 三味線. 세 줄로 된 일본의 전통 악기.

52) かっぽれ. 에도 시대 말기에서 메이지 시대에 걸쳐서 유행했던, 우스운 춤을 동반한 통속적 노래.

53) 勝戰會. 러일전쟁에서의 승리를 축하하는 모임.

54) 汐くみ. 소금을 만들기 위하여 바닷물을 퍼 올리는 일. 여기서는 그 모습을 바탕으로 한 춤을 말한다.

55) 御会式. 법회 의식의 하나.

56) 藤間. 일본 무용의 한 유파.

57) 太神楽. 사자춤이나 접시돌리기 등을 펼치는 곡예의 일종.

58) 三河万歳. 미카와 지방에서 신년에 각 집을 돌며 축하의 말을 해주고 장구를 치면서 추는 춤.

59) 普陀落. 관세음이 출현했다는 인도의 영산. 영가 속의 한 구절.

60) 関の戸. 가부키의 무용을 말함.

61) 1848~1926. 러일전쟁 때 러시아 군의 총사령관.

62) 달밤에 너구리가 배를 두드리며 즐긴다는 이야기가 있다.

63) 노자의 말 중에 天網恢恢 疏而不失(하늘의 그물은 넓고 넓어, 성긴 듯하나 놓치는 것이 없다)는 말이 있는데 이를 빗대어 한 말.

64) 기사 밑에서 그 일을 돕는 기술자.

◎ 옮긴이의 말

일본의 대문호인 나쓰메 소세키가 작품을 발표한 것은 1905년부터 1916년까지의 10년여에 걸친 기간이었다. 결코 길다고는 말할 수 없는 기간인데 이 기간 동안에 『나는 고양이로소이다』를 시작으로 『명암』에 이르기까지 10편이 넘는 장편소설과 『몽십야(夢十夜)』, 『생각나는 것들』의 소품 외에도 기행문, 평론 등 수많은 작품을 집필하여 일본 근대문학사 중에서도 중요한 위치를 차지하게 되었다.

메이지(明治, 1868~1912) 말기에서 다이쇼(大正, 1912~1926) 초기는 자연주의 문학이 번창하던 시기로 일본의 근대문학이 양이나 질적인 면에서 화려하게 창작되던 시기였다. 자연주의 문학이 참〔眞〕만을 중히 여긴 데 대해서 진선미(眞善美)가 일치되어야만 뛰어난 예술이 태어난다고 생각했던 소세키의 문학은 반자연주의, 여유파, 지성파 등으로 불리고 있다.

소세키는 메이지유신 이전 해인 1867년 1월 5일(음력)에 현재의 신주쿠(新宿)에서 태어났다. 1월 5일은 경신일(庚申日)로, 신일신시(申日申時)에 태어난 사람은 대도(大盜)가 되지만 이름에 금(金)이라는 자를 넣으면 난을 면할 수 있다는 미신이 있었기에 이름을 긴노스케(金之助)라고 지었다고 한다. 나쓰메 집안은 부근에서 상당한 세력을 지닌 집안이었으며 소세키는 그런 집안의 다섯째, 막내아들로 태어났다. 아버지인 나오카쓰(直克)가 49세, 어머니인 지에(千枝)가 40세 때 낳은 아들로

부모님 모두 당시로서는 상당한 나이였기에 어머니가 "이런 나이에 아이를 낳다니, 면목 없다."고 말했을 정도로 소세키의 출생은 축복받지 못한 것이었다. 어머니의 젖이 나오지 않았던 탓도 있었기에 전에 아버지가 돌봐준 적이 있던 시오바라 마사노스케(鹽原昌之助)의 집에 바로 양자로 들어가게 되었다. 양부모들은 소세키를 매우 사랑했지만 그 사랑이 타산에서 나온 것이라는 점을 어린 소세키는 민감하게 포착, 인간의 추한 모습을 마음속에 각인하게 된다. 이 점이 소세키의 성격 형성에 커다란 영향을 주었다.

9세 때 양부모의 불화로 시오바라라는 성을 그대로 가진 채 친부모에게로 다시 돌아갔다. 처음에는 친부모를 부모가 아닌 할아버지, 할머니로 안 듯했다. 친절한 하녀가 어느 날 밤, 사실을 가만히 얘기해주었다고 『유리문 안』에서 밝혔다.

12세가 되었을 때, 도쿄 부립(府立) 제1중학교에 입학했다가 14세 때 어머니가 돌아가시자 학교를 중퇴했다. 『유리문 안』에는 어머니에 대한 추억이 기록되어 있는데 집안에서 유일하게 자신을 사랑해준다고 믿고 있던 어머니를 잃은 충격이 너무 커서 학교를 그만 둔 듯했다.

이후, 한문을 가르치는 곳인 니쇼가쿠샤(二松学舎)에 들어갔다. 여기서 한학을 배워 문학으로 입신하려는 생각이었다. 이때 배운 한학에 대한 지식이 소세키의 문학에 많은 도움을 주었다. 하지만 큰형님이 문학은 직업으로 삼기에 적당하지 않다고 만류했으며, 스스로도 이렇게 문명이 발달한 시대에 한문학자가 되어봐야 별 소용없을 것이라는 사실을 깨닫고 대학수험 준비를 위해 그 예비학교 중 하나인 세이리쓰가쿠샤(成立学舎)에 들어가 영어를 공부했다.

1884년, 17세 때에는 무난히 대학 예비문(제1고등중학교)에 입학했다. 이 당시 대학은 도쿄 제국대학(지금의 도쿄 대학) 하나밖에 없었으며 각 부의 정원도 적었기 때문에 예비문에 들어갈 수 있는 것은 극히 한정된 수재들뿐이었다. 이때 소세키는 동급생 10명 정도와 함께 하숙 생활을 했는데 수업에 빠지는 것을 자랑으로 삼았으며, 운동과 공연 관람을 즐기다 복막염에 걸려 낙제를 하고 만다. 이후, 열심히 공부하여 이듬해에 수석을 차지한 뒤부터는 줄곧 수석의 자리를 놓치지 않았다고 한다.

21세 때, 시오바라라는 성에서 다시 나쓰메라는 성으로 돌아왔다. 그 이듬해에 마사오카 시키(正岡子規)를 알게 되었고 시키의 『나나쿠사슈(七草集)』라는 시문집에 발문을 썼는데, 이때 처음으로 '소세키'라는 이름을 사용했다. '소세키'라는 이름은 『몽구(蒙求)』, 「손초(孫楚)」의 고사에서 따온 것으로 지기 싫어하는 사내라는 뜻이다. 곧 소세키도 시키처럼 한문집인 『보쿠세츠로쿠(木屑錄)』를 만들어 시키에게 보여주었다. 시키는 소세키의 재능에 놀라지 않을 수 없었으며, 이후로 두 사람은 급속도로 친해지게 되었다. 이 시키와의 교유가 소세키 문학에 결정적인 영향을 미쳤다.

이듬해인 1890년에 도쿄 제국대학 영문과에 들어가 1893년에 졸업, 도쿄 고등사범학교의 영어교사가 되었다. 당시 사범학교의 교장선생님과 있었던 일이 『도련님』에 어느 정도 반영되어 있다. 소세키는 사범학교의 형식주의에 답답함을 느낀 듯했지만 학생들을 위해서 독본을 만드는 등 교사로서의 임무에 충실했다.

이때 가슴을 앓았는데 요양을 하면서도 두 형이 이 병으로 죽었다는 사실 때문에 크게 걱정을 했다. 거기다가 수업에 대한 불안과 인생에 대한 고뇌도 겹쳐서 결국에는 신경쇠약에 걸려, 참선을 하기도 했지만 마음의 안정을 찾지는 못했다. 1895년에 학교를 그만두고 모든 것을 버리겠다는 마음으로 마쓰야마(松山) 중학교로 부임했다. 이때 월급이 80엔 정도로 교장보다 20엔 많았으며 도쿄에서 훌륭한 선생님이 오신다는 소문이 돌았지만, 소세키에게 있어서 마쓰야마는 온천을 제외하면 그다지 살기 좋은 곳이 아니었던 듯했다. 학생들은 순수하지 못하고, 마쓰야마 사람들은 솔직하지 못하다는 사실을 시키에게 이야기한 적이 있었는데 이런 기분이 『도련님』에 그대로 반영되어 있다.

이듬해 구마모토(熊本)에 있는 제5고등학교의 교수로 자리를 옮겼으며, 당시 귀족원의 서기관을 지내고 있던 나카네 주이치(中根重一)의 장녀 교코(鏡子)와 결혼했다. 이후, 1900년에 고등학교 교수의 외국유학 제1기생으로 뽑혀 영국으로 유학을 가게 되기까지의 4년 동안 소세키는 구마모토에서 비교적 평온한 가정생활을 영위했다. 늘 도쿄를 그리워하는 마음과 신경질적이고 살림에 미숙한 아내 때문에 고민을 했지만, 장녀가 태어났으며 학생들에게 존경을 받았다. 그리고 단가를 짓기도 하고, 규슈 각지를 여행하기도 했다. 이때의 견문이 『풀베개(草枕)』 『이백십일』 등에 살아 있다. 관명(官命)을 받고 아내와 자식은 처가에 맡긴 채 소세키는 같은 해 10월에 런던에 도착했다.

소세키는 영국에서 『문학론』을 저술하기로 하고 절약하여 책을 사들여 그것을 지나치게 열심히 읽었기 때문에 다시 신경쇠약에 걸리게 되었다. 고독하고 비참한 유학생활이었지만 영국에서 일본을 바라봤다는 사실이 소세키의 눈을 뜨게 했으며, 일본의 운명을 생각하게 했고, 그의 문학연구의 근간이 되었다. 소세키는 후에 이를 '자기본위'라고 불렀는데 참된 의미에서의 자기 개안(開眼)이 유학의 커다란 성과였다.

1903년에 귀국하여 도쿄 대학 등의 강사가 되었는데, 도쿄 대학에서는 '영문학 형식론', '문학론', '문학평론'을 강의했으며, 셰익스피어를 번역하기도 했다. 한편, 다카하마 교시(高浜虚子)의 권유로 1905년 1월부터 『호토토기스(두견이라는 뜻 - 역주)』에 『나는 고양이로소이다』를 이듬해 8월까지 11회에 걸쳐서 연재하고, 『런던탑』, 『칼라일 박물관』, 『환영의 방패』, 『환청에 들리는 거문고 소리』, 『하룻밤』, 『해로행(薤露行)』, 『취미의 유전』, 『도련님』, 『풀베개』, 『이백십일』 등의 작품을 차례로 발표했다. 그 골계와 풍자, 독특하고 시적인 아름다움으로 이름이 높아지자 소세키는 교사생활을 그만두고 창작에만 전념하고 싶다는 소년기의 꿈이 되살아나 1907년, 아사히신문에 전속작가로 입사했다.

이후, 『우미인초(虞美人草)』, 『갱부(坑夫)』, 『산시로(三四郎)』, 『그 후』, 『문』, 『행인』, 『마음』, 『미치구사(道草)』와 일본의 지식인을 다룬 각각의 문제작들을 발표했으며 『명암』 집필 중에 위궤양이 악화되어 1916년 12월 9일에 영원히 눈을 감고 말았다. 향년 49세였다.

소세키의 작품 중에서 가장 널리 읽히고 있는 것 가운데 하나가 『도련님』이다. 『도련님』은 단순하고 솔직한 도쿄의 도련님을 주인공으로 한 일인칭 소설로, 문장도 쉬운 문체로 서술되어 있다. 부모님이 돌아가신 후 보잘것없는 유산으로 수학을 공부한 도련님이 시코쿠의 중학교로 부임, 그곳의 교사·학생들과 충돌하다 동료인 고슴도치와 함께 속물의 대표자인 빨강셔츠와 그의 추종자인 광대를 징벌하고 도쿄로 돌아온다는 내용이다.

형식을 중히 여기지만 내용이 없고 무능한 교장과, 남모르게 책략을 세우는 교감, 무기력한 동료 교사들, 건방지고 교활한 학생들과 대조적으로 묘사되고 있는 것이 할머니인 기요다. 그 순수한 애정이 도련님을 지탱하고 있는 것으로 묘사되고 있어 작품에 희미한 빛을 던져주고 있다.

인간은 현실 세계에서 여러 가지 제약에 얽매여 있기 때문에 자신의 생각대로 말하거나 행동할 수 없는 경우가 많다. 그것을 적당히 억제하고 컨트롤해가면서 인간은 사회생활을 영위해가는 것이다. 하지만 억제된 그 울분은 다른 분출구를 찾는다. 도련님의 행동은 독자들에게 그러한 분출구 역할을 하여 독자들에게 시원함을 맛보게 한다. 특히, 도련님이 고슴도치와 함께 빨강셔츠와 광대를 혼내주는 마지막 부분에서는 그런 기분을 강하게 맛볼 수 있다. 한편, 기요와 도련님의 인간적인 신뢰관계 역시도 일반적으로는 얻기 힘든, 그런 만큼 인간이 동경해 마지않는, 한 모금의 청량음료 이상의 맛이 나는 것이다.

등장인물이 평면적이어서 선악이 너무 확실하게 드러난다는 점, 과장된 부분이 있다는 점, 촌놈들이라고 애초부터 사람들을 내려다보고 있다는 점 등 『도련님』이 가지고 있는 몇몇 문제점에도 불구하고 아직도 이 작품이 널리 읽히고 있는 이유는 이 작품의 저변에 흐르고 있는 애정의 아름다움, 도련님의 우직한 정의감 때문으로 그것이 인생에서 얻기 힘든 소중한 것을 전해주고 있다.

『도련님』은 우리나라에도 이미 오래 전부터 소개되었다. 몇몇 번역작품을 읽으면서 각 번역자들의 탁월한 언어선택에 무릎을 치지 않을 수 없었지만 그러면서도 어딘가 석연치 않은 부분이 있다는 사실을 깨달았다. 번역을 하면서 늘 갈등하게 되는 부분인데 너무 매끄러운 우리말을 추구하다보면 원서의 맛이 사라져버린다. 그렇다고 우리말을 무시한 채 원서에만 매달릴 수도 없는 문제이다. 번역이란 늘 이 양자 사이에서 외줄타기를 하는 작업이라고 생각한다. 『도련님』을 읽으면서 느꼈던 석연치 않음이란 바로 그런 부분이었다. 너무 매끄러운 우리말 때문에 원서의 의미와는 조금 다른 뜻으로 해석된 부분이 있는가 하면, 첨삭된 부분도 곳곳에서 발견할 수 있었다. 이에 조금 거친 부분이 있더라도 원서에 최대한 충실하게 번역을 해보는 것도 의미가 있을 것이라고 생각하여 일본의 대문호, 소세키의 대표작인 『도련님』을 새롭게 번역해보았다. 가능한 한 원서의 맛을 살리려고 해보았지만 오히려 그렇기 때문에 눈에 거슬리는 부분도 있을 것이다. 이 점을 감안하여 읽어주시기 바란다.

본문의 문단은 두어 군데를 제외하고는 전부 원서에 따랐다. 쉼표를 제외한 문장부호도 원서에 따랐지만 「」는 원서에 없는 것으로 읽는 이의 편의를 위해서 역자가 덧붙인 것이다. 단어에 있어서는 우리 정서로는 이해하기 힘든 것을 제외하고는 가능한 한 원서의 단어들을 직접 옮기기에 힘썼다. 존칭과 시제가 통일되지 않은 부분도 있지만 이도 뜻을 이해하는데 크게 지장이 없는 한은 그대로 내버려두었다.

이 번역서가 소세키를 바르게 알리는 데 조금이나마 도움이 되었으면 하는 바람이다.

저본으로는 소류샤(創隆社)의 『坊っちゃん』을 이용하였으며, 이 글을 쓰는 데 이노우에 유리코(井上百合子) 교수의 글을 참고로 하였음을 밝혀둔다.

그리고 본문의 삽화는 곤도 고이치로의 작품이다. 곤도 고이치로는 1884년에 야마나시 현에서 태어났다. 아버지는 일찍 돌아가셨지만 초대 현회 의장을 지낸 할아버지가 사숙을 경영하고 있었기에 유복한 환경에서 자랄 수 있었다. 아버지의 요양 때문에 시즈오카 현에서 소학교와 중학을 졸업하고 1902년에 도쿄로 이주했다. 할아버지는 의사가 되기를 원했으나 할아버지의 뜻과는 달리 문예활동에 열중했으며 1904년에 화가를 지망하여 서양화가인 와다 에이사쿠의 연구소에 소속, 같은 해 9월에 도쿄 미술학교 서양화과에 입학했다. 재학 중 동급생의 영향으로 수묵화를 시작했으며, 문예활동도 이어나갔다. 1910년에 미술학교를 졸업한 뒤 문부성 미술전람회에 출전하여 입선했으며, 교토에서 회화를 지도하기도 하고 수묵화나 만화의 전람회를 주최하기도 했다. 이 무렵에 결혼을 했기에 1915년에 요미우리 신문사에 입사하여 만화기자가 되었다. 신문사에서는 정치만화와 삽화를 담당했는데, 만화기자로서는 미술학교 시절의 동급생이자 아사히 신문의 기자였던 오카모토 잇페이와 쌍벽을 이루어 '잇페이 · 고이치로 시대'라는 평을 들었으며 만화기자의 단결을 위하여 결성된 도쿄 만화회에 소속되어 작품을 출전하기도 하고, 일본화가들의 모임에도 참가하여 일본화가로서도 주목을 받았다.

　1919년에 일본 미술원 제6회전에 처음으로 입선했으며 이듬해인 제7회 이후에도 입선하여 본격적으로 일본화로 전향했다. 곤도 고이치로의 화풍은 동시대에 유행했던 사실주의적 수법과 광선표현 등의 서양화 수법을 일본화에 도입한 것이었기에

'칼라리스트 고이치로'라는 평을 들었다. 1921년에는 일본 미술원에 입회하였다.

1922년에 오카모토 및 동료 화가들과 유럽 각국을 여행했다. 이 여행에서는 프랑스를 거점으로 스페인과 이탈리아도 방문하여 각국의 명소와 미술살롱, 미술관 등을 둘러보았고, 귀국 후에는 여행기를 미술잡지에 기고했다. 후에 여행기를 정리하여 『이국 도보기』를 발행했는데 스페인에서의 고야와 엘 그레코 감상이 가장 커다란 목적이었으며 가장 인상적이었다고 말했다. 이 여행에서 전통적인 서양미술을 절찬하는 한편 동시대의 전위미술에 대해서는 비판적인 견해를 보였으며, 일본화단이 동시대의 서양미술에 강한 영향을 받고 있는 가운데 일본인으로서의 의식을 강화할 수 있었다고 말했다. 같은 해에 중국에도 여행을 했는데 유럽 여행은 작품에 반영되어 있지 않은데 반해서 중국여행에서 돌아온 후에는 중국 풍경을 묘사하여 곤도가 이 시기에 일본 및 동양인으로서의 의식을 강화해나간 것이라는 평을 듣고 있다.

1923년의 제10회 일본 미술원전에 「가마우지 고기잡이 6제」를 출품했는데 이는 곤도의 대표작으로 평가받고 있다. 같은 해에 관동대진재로 집을 잃어 한때 시즈오카에 머물다 아내의 고향인 교토 시로 이주했다. 교토에 거주하던 시절에는 풍경화에 손을 댔다. 또한 후진양성에도 힘을 썼으며 야마모토 유지, 요시카와 에이지, 아쿠타가와 류노스케 등의 문인들과도 교류했다. 초기에는 먹의 농담에 의한 평면적인 표현에서 선에 의한 선적 표현으로 화풍이 변했다는 평을 듣고 있다.

1931년에 개인전 개최를 위해서 프랑스로 건너갔다. 파리에서는 프랑스문학자인 고마쓰 기요시의 조력을 얻어 개인전을 개최했으며, 고마쓰를 통해 미술비평가인 앙드레 말로와 친분을 맺었다. 앙드레 말로의 『인간의 조건』에 등장하는 가마화백은 고이치로가 모델이다.

1936년에 일본 미술원을 탈퇴하고 도쿄의 아틀리에에서 창작을 이어나가며, 백화점에서의 개인전 개최와 화집 간행 등을 행했다. 전쟁 중에는 시즈오카 현과 고향인 야마나시 현의 별장에서 난을 피했다. 전쟁 후에는 다시 도쿄에 아틀리에를 두고 창작활동을 이어나갔다. 만년에는 단가와 샤미센 등을 취미로 즐겼고 골프, 스키 등의 스포츠 활동에도 관심을 보이며 여생을 즐기다 뇌염으로 78세에 세상을 떠났다.

만화와 신남화(新南畫), 수묵화 등 일본 미술사에 뚜렷한 업적을 남긴 곤도 고이치로는 '고고한 화가', '이색적인 수묵화' 등과 같은 이단적 평가를 얻고 있다.

이 책에 실은 곤도 고이치로의 삽화는 나쓰메 소세키의 소설인 『도련님』의 삽화로 직접 그려진 것이 아니라, 곤도 고이치로가 1918년에 나쓰메 소세키의 작품을 바탕으로 창작한 『만화 도련님』에 수록된 그림을 발췌한 것이다. 이 책에서는 그 그림만을 취해 나쓰메 소세키의 『도련님』 전문과 하나로 묶었는데 『만화 도련님』 자체가 소세키의 작품을 거의 아무런 변형 없이 만화화한 것이기에 본문의 내용과 매우 잘 어울릴 뿐만 아니라,

소세키와 동시대를 살았던 만화가의 그림과 『도련님』을 함께 읽음으로 해서 당시의 시대상을 시각적으로도 볼 수 있기에 작품에 대한 이해도를 한층 더 높여준다.

곤도 고이치로는 나쓰메 소세키의 『도련님』 외에 『나는 고양이로소이다』도 만화화했다. 이 『만화 나는 고양이로소이다』는 다음 기회에 역시 나쓰메 소세키의 원문과 함께 소개하기로 하겠다.

마지막으로 표지의 그림을 그린 오카모토 잇페이는 위의 글에도 잠깐 등장하는 것처럼 일본 만화사에서 매우 중요한 위치를 차지하고 있는 만화가이자 화가이다. 우리나라에도 이름이 알려진 소설가 오카모토 가노코의 남편으로 나쓰메 소세키와도 친분이 있었다. 나쓰메 소세키로부터 그림을 인정받았던 오카모토 잇페이는 나쓰메 소세키의 작품인 『도련님』, 『풀베개』 등에도 삽화를 그린 적이 있다.

오카모토 잇페이의 경력 및 그의 그림에 관해서는 다음 기회에 자세히 소개하도록 하겠다.

같은 시대를 함께 살았던 두 만화가의 그림을 통해서 나쓰메 소세키의 『도련님』을 더욱 즐겁게, 그리고 더욱 쉽게 이해하며 읽었으면 하는 바람이다.

2021년 8월

朴玄石

나쓰메 소세키의 중단편소설을
제대로 읽는 유일한 방법!

* 수록작

1. 편지
2. 문조
3. 환청에 들리는 거문고 소리
4. 취미의 유전
5. 이백십일
6. 하룻밤
7. 몽십야
8. 런던탑
9. 환영의 방패
10. 해로행

쓸데없이 체면을 차리다 좋은 기회를 놓쳐버리다니 정말 아깝다. 원래부터 품위를 너무 지나치게 중히 여기거나, 너무 고상하게 굴면 자칫 이런 꼴을 당하기 쉬운 법이다. 사람에게는 어딘가에 도둑놈 근성이 있어야만 성공할 수 있다. ─「취미의 유전」 중에서

나쓰메 소세키 단편소설 전집(13,000원)

문호 나쓰메 소세키가
진솔하게 밝히는 마음속 맨얼굴

* 수록작

1. 영일소품

새해 / 뱀 / 도둑 / 감 / 화로 /
하숙 / 과거의 향기 / 고양이의
무덤 / 따뜻한 꿈 / 인상 / 인간 /
꿩 / 모나리자 / 화재 / 안개 /
족자 / 기원절 / 돈구멍 / 행렬 /
옛날 / 목소리/ 돈 / 마음 / 변화 /
크레이그 선생

2. 생각나는 것들

3. 유리문 안

　지금의 나는 바보 같아서 타인에게 속거나, 혹은 의심이 많아서 사람을
받아들이지 못하거나, 이 두 가지밖에 없는 것 같다는 기분이 든다.
불안과 불투명함과 불유쾌함으로 가득하다. 만약 그것이 평생 계속된다면
인간이란 얼마나 불행한 것일까. ─「유리문 안」 제33장 중에서

나쓰메 소세키 수상집(13,000원)

패전 전후의 일본을
치열하게 살았던 무뢰파 작가들

* 수록작

1. 사카구치 안고

   요나가 아씨와 미미오 /

   전쟁과 한 여자

2. 다카미 준

   신경 / 인간

3. 다자이 오사무

   후지 백경 / 비용의 아내

4. 다나카 히데미쓰

   사요나라 / 여우

5. 오다 사쿠노스케

   비 / 속취

인간의 일생은 지옥이어서, 촌선척마(寸善尺魔), 라는 건, 참으로 옳은 말입니다. 1치의 행복에는 1자의 요사스러운 일이 따라옵니다. 인간 365일, 아무런 걱정도 없는 날이, 하루, 아니, 한나절 있다면, 그건 행복한 사람입니다. ―「비용의 아내」 중에서

일본 무뢰파 단편소설선(13,000원)

옮긴이 **박현석**

겁도 없이 번역·출판계에 뛰어들었다가 20년 넘게 곤욕을 치르고 있다. 이제는 그만둘까도 여러 번 생각했으나 여전히 미련하게 자리를 지키고 있다. 성격 탓인 것 같기도 하고 어쭙잖은 신념 탓인 것 같기도 하다. 그렇다고 대단한 신념을 가지고 있는 것은 아니다. 그 20년 넘는 세월 동안 일본 작가들의 여러 작품을 번역했다. 예를 들자면 나쓰메 소세키, 다자이 오사무, 야마모토 슈고로, 나카니시 이노스케, 에도가와 란포, 사카구치 안고, 와시오 우코, 아쿠타가와 류노스케 등의 작품이다. 앞으로도 일본 작가의 작품 번역을 당분간은 이어갈 듯하다. 따라서 곤욕도 당분간은 이어질 듯하다.

삽화와 함께 읽는 도련님

1판 1쇄 인쇄 2021년 8월 10일
1판 1쇄 발행 2021년 8월 20일

지은이 나쓰메 소세키
삽 화 곤도 고이치로
옮긴이 박현석
펴낸이 박현석
펴낸곳 현 인

등 록 제 2010-12호
주 소 서울시 도봉구 덕릉로 62길 13, 103-608호
전 화 010-2012-3751
팩 스 0505-977-3750
이메일 gensang@naver.com

ISBN 979-11-90156-22-6

* 잘못 만들어진 책은 교환해 드립니다.
* 이 책 내용의 일부 또는 전부를 재사용하시려면
  반드시 호人의 동의를 얻어야 합니다.